三國風雲之

曹賊

卷之捌

勁拚江東霸獅

庚新 著
超合金叉雞飯 繪

卷捌

目錄

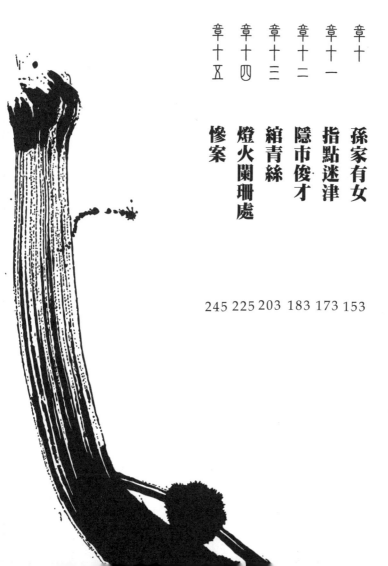

人物
陳群
貂蟬
呂布
曹操
典韋
魏延
曹朋

章一 仇人相見？

在陳留的時候，曹朋搗毀了雷緒的老巢。

從雷緒的老巢裡，他得到一個錦匣，裡面除了馬蹄金之外，還有一副白絹。在白絹中，提到了一個名叫『成』的人，更提到了盱眙雲山米行這個名字……

在海西的時候，曹朋一度以為那個『成』就是王成。

但王成是薛州，因此這個推斷旋即變得無法成立。按照這個時代的通信習慣，如果王成就是寫白絹的人，那麼他的落款不應該是『成』，而應該是『州』。因為薛州和雷緒並非不認識，薛州不可能在他們的通信中使用一個化名，除非薛州不想招攬雷緒，甚至提防雷緒。

這不符合習俗！

而且王成一直在海西。

海西，就是現在的江蘇省連雲港市灌南縣。

它位於淮水入海口以北，屬於淮北地區；而盱眙則在淮水下游，位於淮南地區。雖說相距並不是特別遠，可一屬廣陵郡，一屬下邳國。薛州又如何出現在淮南？他並不是一個商人，也沒有什麼商人的天賦，這一點從薛州在海西的情況大致上能看出一絲端倪。

如果換作陳升的話，曹朋倒是有可能相信。可是薛州……曹朋是萬萬不能相信，他會在盱眙做生意。

好吧，薛州並不是白絹裡面的那個『成』，那麼這個『成』，又會是誰？

當海西的事態平定以後，這個問題便開始困擾曹朋。

只不過，曹朋認為這個『成』和他沒有太大關係，所以也沒有刻意去考慮，刻意去琢磨。

如今，當步騭提出想去盱眙的時候，雲山米行這個名字就一下子浮現在他的腦海。

要不，去看看？

「兄長，咱們繞道一行？」曹朋笑呵呵的問道。

能當得曹朋『兄長』稱呼的，也只有陳群了。

這一行人當中，如夏侯蘭和郝昭，曹朋都是直呼其字；而步騭呢，則是在其表字後加上先生二字，表示尊敬。至於王買，曹朋對他的稱呼就更加隨意和親近，都是喚王買的乳名。

陳群笑道：「我亦久聞盱眙之名，今春方生，我等正可以藉此機會前去一遊。聞破釜塘景色秀美……阿福，咱們索性在那裡停留一兩日。還可以泛舟破釜塘，你看如何？」

破釜塘，是位於淮水下游的一個淺水小湖群。

古時，破釜塘又名富陵湖。

而在千年之後，這裡將會更名為洪澤湖……

曹朋倒是不太清楚破釜塘的來歷，自然也不清楚這破釜塘就是日後的洪澤湖。事實上，他的地理知識並不是很好，前世雖知道洪澤湖的名字，可這洪澤湖究竟在哪兒，他卻不清楚。

故而，他也沒有什麼特別的反應。

陳群這種文人騷客的情懷，倒是可以理解。

雖處戰亂年代，可並不會影響這些文人騷客們的心情，甚至由於戰亂，還會給他們增添許多素材。君不見，大凡是瑰麗詩章，總伴隨著動盪。李白的詩詞雄奎，不正是因為他一生飄蕩，又逢安史之亂？若無這些經歷，只怕他也未必能做出那許多瑰麗的詩篇吧。

「固所願也，不敢請耳。」曹朋微微一笑，與陳群答道。

陳群的興致在一剎那間，似乎變得高漲起來。

章一 仇人相見？

盱眙，位於淮水下游，是一座古城。其地勢西南高，多丘陵，東北低，多平原。整個地勢呈階梯狀傾斜，其海拔相差足有兩百二十米。故而在後世，盱眙有『兩畝耕地一畝山，一畝水田一畝灘』的說法。

時值初春，正是耕作之時，一路走過來，可以看到農人們在辛苦的耕作。

比起下邳等地的荒涼，盱眙還算安寧。只不過由於連年戰事，所以盱眙也出現了大量的人口遷徙。不僅僅是盱眙，整個淮南地區的人口，在短短數年之間銳減三成，大都遷往江東。

不過，總體而言，倒也不算太荒涼。

盱眙的歷史很久遠，遠在春秋時期，盱眙名『善道』，屬吳國治下，曾經是諸侯會盟之所。後來越滅吳，盱眙又成了越國的領地。直至楚國東侵擴地至泗上，盱眙又成了楚國所有。

秦始皇一統華夏，實行郡縣制度，始建盱眙；楚漢之交，盱眙歸屬西楚東陽郡。秦二世二年六月，項梁擁立楚懷王的孫子熊心，也就是芈心為王，仍尊楚懷王，就是建都於盱眙。

西漢年間，漢高祖在廣陵置國，歷經荊、吳兩個國號。景帝前元三年，發生七國之亂；漢景帝廢吳國，將盱眙改屬沛郡，後又被武帝改為臨淮郡所屬，成為臨淮郡的治所。東漢光武年間，臨淮郡被併入東海郡；不到二十年，又改屬下邳國。

不過，由於戰亂等種種原因，下邳國歷經陶謙、劉備、呂布之更迭後，對於淮南地區的屬地已無暇顧及……

總之，盱眙是一個經歷過許多磨難的古城。然則由於其地理位置的緣故，所以在整個兩淮地區占居極為重要的地位。

曹朋一行臨近盱眙後，便立刻派人前去通報。雖說只有兩百兵馬，可是在這個混亂的年代裡卻足以引發騷亂和動盪。特別是當呂布對淮南地區失去約束力的時候，動盪就變得格外頻繁。

兩百悍卒……如果真的發生衝突，那麼必然會對整個兩淮造成巨大的危害。

曹朋很小心，也非常謹慎。

「海西曹朋請求過境？」盱眙府衙中，盱眙長凝視門丁，疑惑問道。

「那個，曹朋是誰？」

「曹朋！」

花廳裡，一個青年呼的起身，眼中登時閃過一抹冷芒。

「子善，你這是怎麼了？」盱眙長疑惑的看著青年，「你認識這曹朋嗎？」

「當然認得……不僅我認得，而且這曹朋，和夷石你也有干連呢。」

「與我有何干連？」

「曹朋，就是那海西令鄧稷之內弟……此前在下邳時，此子曾與他人聯手羞辱你家叔父。」

「啊？」盱眙長聽聞，勃然大怒。「你說的就是那個在下邳鬧事，殺我叔父愛馬之狂徒嗎？」

「非此人，還能有誰？」

盱眙長厲聲喝道：「如此狂徒，某焉能饒過？來人，備馬抬槍，隨我出城，將此狂徒斬殺。」

「慢！」

「子善，你欲為他求情嗎？」

青年哈哈大笑，「夷石，我怎會為他求情？我亦看那小子不過，然則他畢竟是海西令之內弟，而且我聽說，他受陳元龍征辟前往廣陵縣。如果你殺了他，只怕陳元龍不會就此罷休。」

「難道就這麼放過他？」

「焉能便宜他嗎？」青年眼珠子一轉，「夷石，我有一計，可好生羞辱此人，為你叔父出一口惡氣。」

盱眙長精神一振，「子善，計將安出？」

青年在盱眙長耳邊輕聲嘀咕了一陣，那盱眙長連連點頭：「若如此，倒也能讓他顏面無存，出我胸中一口惡氣……來人，傳我命令，曹朋所部人馬不得入城，在城外紮營。不過他嘛，可以放他進來。只是給我盯緊了，隨時將他的行動告與我知。」

「喏！」

盱眙長咬牙切齒道：「我若不讓他難看，焉能罷休？」

他和青年相視一眼之後，忽然間大笑起來……

「不讓兵馬入城？」曹朋不由得眉頭一蹙。

陳群則問道：「若如此，那紮營物資應由他盱眙供應吧。」

夏侯蘭一臉怒色，「沒有！他派人告知，說是當春初耕，縣衙府庫內輜重匱乏，讓我們自行解決。」

「自行解決？」曹朋詫異的問道。

按道理說，兵馬經停縣鎮，的確是有不許入城的說法，但這個規矩，基本上是視情況而定，完全由地方官吏掌握。對此，曹朋倒也沒有太過在意。

只是這紮營輜重自行解決？卻有些過分了！

這並不是行軍打仗，而是普通的經停。一般來說，地方官府若不許兵馬入城的話，會協助對方安營紮寨。

曹朋看了一眼陳群，而陳群則面露沉思之狀。

「盱眙長叫什麼名字？」

「回先生的話，那盱眙長據說是新就任，名叫宋廣。」

「呃，原來是他……」陳群扭頭向曹朋看去，笑呵呵道：「賢弟，只怕你有麻煩來了……這宋廣的叔父就是宋憲，也就是之前在下邳被你折了面皮的人。我估計啊，宋廣是要為他叔父出一口氣，所以故意刁難。如果我猜測不錯的話，你們就算出錢，也買不來輜重。」

曹朋眉毛挑了挑，重重的哼了一聲。沒想到會遇到這種麻煩事！

他正在躊躇，步騭開口道：「若不然，公子就別去了。」

「哦？」

「我也只是探望一下嬸嬸，待不了多久。若那宋廣尋事，公子就別在這裡停留，直接繞過。我看罷嬸嬸之後，便去尋你，左右也耽擱不了多久……」

「這個……」曹朋手指輕輕敲擊馬鞍，思忖片刻後，搖了搖頭。「宋廣是成心找碴，他既然劃出道來，我若是不接招的話，只怕他不會善罷甘休，還會繼續生事。而且我此去廣陵，若就這麼被宋廣刁難，必然會惹人笑話。所以我必須要接招。」

「沒錯，如果賢弟退讓，只會令別人更張狂。」

步騭不禁苦笑，瞪了陳群一眼，心道：你這傢伙，這不是挑事兒嗎？

可他又一想，覺得似乎有些道理。廣陵人有極其強烈的排外意識！曹朋被陳登征辟的情況又有些特殊，他沒什麼功名在身，出身也普通，更沒有名氣，不但是個外來人，這年紀還小。諸多條件綜合一處，曹朋此去廣陵勢必會遭遇非議。

別的不說，只廣陵郡那些名流縉紳，就未必會認可曹朋。如果曹朋此時表現出軟弱姿態，勢必會令那些人變本加厲……可為了自己的事情讓曹朋遭受羞辱的話，步騭又有些不安。

他猶豫一下，沒有再開口。

曹朋似乎看出了步騭內心的想法，不由得笑了。

「子山先生不必愧疚，這種事情遲早要經歷。即便沒有盱眙，也會有廣陵縣……如今先經歷一番，也是一樁好事。我倒是想看一看這宋廣能耍出什麼花樣，究竟如何來刁難與我。」

步騭點點頭，也只有苦笑。

「郝昭！」

「喏！」

「你就帶人在城外暫時歇息。夏侯和王買，你二人帶些人進城，先去購買輜重糧米，讓大家先安置下來。不用擔心錢帛，若用錢帛能解決的問題，那就不是問題……兄長，咱們進城看看？」

「善！」陳群微微一笑，點頭答應。

「公子，我也去。」郭寰從車上跳下來，一路跑上前。「夫人說，讓我照顧好你。」

「這個……」

陳群道：「權作遊玩，帶上她也無妨！賢弟，你如今是受征辟前往廣陵，這必要的姿態，總是要有。」

郭寰可憐巴巴的看著曹朋，雖然明知道有做戲的成分，可曹朋終究還是有些不太忍心拒絕。想來也不會有什麼事，那就過去看看？

「也罷，那就一起去。」

於是，曹朋和陳群各帶上四名親隨，郭寰也騎上了馬，步騭在前面領路，直奔盱眙縣行去。

走進盱眙，可以感受到濃濃的商業氣息。

和海西略有不同的是，盱眙由於位處淮水下游，有勾連南北、連通東西的作用。

如果說，海西縣是一個初級的市場，那麼盱眙顯然是位於高端的行列。海西縣經營的項目，主要是一些違禁之物；賈人居於當地，所販賣的物品大都用於供應本地，同時將一些貨物透過海西的地下渠道，輸送兩淮。而盱眙則不同，這裡的商業顯得更正規一些，不似海西之前的無序，加之地理位置的因素，過往的商人品級也遠非海西商人能夠比擬。

「不曉得什麼時候，海西能發展成這種模樣？」曹朋騎在馬上，不由得發出感慨。

陳群忍不住笑了，「賢弟，我看你人雖離開了海西，可這心還留在海西縣啊。」
曹朋搔搔頭，清秀的面容上浮現出一抹紅暈。
「我也不想這樣，只是……這幾個月來，所思所想都是海西的事情，猛然間離開，這腦袋還有些轉不過彎兒。不過我想，海西的將來一定會比盱眙強……兄長，要不我們打個賭？」
陳群連連搖頭，「我才不會和你打這種必輸無疑的賭呢。」
這時候，步騭問清楚了他嬸嬸的住處，帶著曹朋一行人沿著長街向南走。穿過兩道拱門之後，曹朋猛然勒馬。
「賢弟，怎麼了？」
「有人跟蹤咱們。」曹朋說著，驀地扭頭。
只見從街道拐角處走出兩個男子，看見曹朋等人停下，不由得一怔，竟不知道該如何是好。曹朋二話不說，催馬就衝上前去。
照夜白神駿異常，短程的衝刺更是速度驚人，以至於那兩個跟蹤者竟嚇得呆立在原地，忘記了閃躲。
「賢弟，休得傷人！」陳群連忙高聲喊喝，卻見曹朋已勒住戰馬。
照夜白就停在那兩個跟蹤者的面前，曹朋厲聲喝道：「回去告訴你家主人，就說有什麼招數只管使出來。大丈夫頂天立地，休要鬼鬼祟祟，仿效這雞鳴狗盜之輩所為，羞了溫侯的臉面。」

兩個跟蹤者可以清楚的感受到，從照夜白鼻腔裡噴出的熱氣，先前那種風馳電掣般的衝擊，令他二人感到遍體生寒。聽了曹朋的喊喝之後，兩人嚇得連連點頭。

曹朋冷哼一聲，撥轉馬頭。

郭寰忍不住誇獎道：「公子威武！」

「賢弟，這又何苦呢？」陳群苦笑道：「一幫子小人物，你這樣一來，豈不是擺明陣仗，要和宋廣翻臉嗎？」

曹朋笑了，「若他真敢翻臉，我倒佩服他，只怕他還沒有那膽子……溫侯帳下，能使我欽佩者，不過張遼、高順和曹叔龍三人而已，餘者皆鼠輩耳。」

曹朋也不客氣，一番話說得陳群是連連搖頭。可仔細一想，好像還真是這麼回事。

「可是你這樣一來，子山的嬸嬸……」

「呃！」曹朋一拍額頭，只顧著耍帥，居然忘記了這件事情。

步鷺和自己一同過來，他的嬸嬸日後還要在盱眙生活。這麼一鬧，那宋廣若是個下作之徒，焉能放過步鷺嬸嬸一家?曹朋不由得有些羞愧，抬頭向步鷺看過去。

「子山先生，是曹朋冒昧了！」

步鷲也只能苦笑……

「要不然，把你嬸嬸接到海西去？」

「啊？」

「海西如今雖比不得盱眙，可將來一定比盱眙強。不管怎麼說，那裡也是咱們的地盤，你嬸嬸遷過去的話，豈不是也能有更多照應？好過待在這邊吧。」

「這個……」步鷲不由得有些心動了！

曹朋說得不錯，隨著三萬海民入屯，單只是這海西縣的人口基數就已經遠超過了盱眙縣。況且隨著屯田推廣、北集市的整頓，以及鹽路開啟……誰又敢說，那地處偏荒的海西比不過今日之盱眙呢？盱眙才多少人口？不過兩、三萬人而已。而海西的人口基數已超出盱眙兩倍有餘。

「若是這樣，倒也不差。」步鷲想了想回答道：「只是我擔心嬸嬸故土難離，未必肯過去啊。」

「你不問一問，焉能知道？」

步鷲想了想，點頭稱是。

他在前面領路，左一拐，右一轉，很快來到一處宅院門前。

這裡很冷僻，房舍也很簡陋，只不過三間茅屋。夯土建成的院牆，還不及一人高，站在牆外，可以毫不費力的將院內一覽無餘。

章一 仇人相見？

步驚下了馬，走上前去，站在門外，篤篤篤叩響柴扉。

「誰啊？」

只聽茅屋裡傳來一道柔媚聲音，門被拉開，從裡面走出一個妙齡少女……

章二

初聞東城魯氏

說起來，重生東漢末年一年有餘，曹朋接觸的女人並不算少。

拋開母親張氏和姐姐曹楠不說，從棘陽的黃月英到許都的兔子妹妹，再到徐州的呂藍，和而今身邊的郭寰，四個女人可說各有千秋。而眼前這女人，姿色絲毫不遜色於前四人。

少女個頭不算高，頗有淮南女子的嬌柔之美。她一走出房門，就看到院牆外騎在馬上的曹朋等人。

「你們找誰？」她疑惑的問道，眼中閃過一抹警覺之色。

「小鸞嗎？」步鸞聽到那聲音，驚喜開口。

少女一怔，這才走上前來，把門打開。「你是？」她看到步鸞，明顯有些疑惑。

步鸞上下打量了一下少女，突然用手一指，「妳是小鸞，對不對？我是石頭，還記得嗎？淮陰的石頭哥。」

「啊！」少女不由得後退幾步，用手捂住了檀口，眼中閃過驚喜。

「娘，娘……石頭哥來了！」她猛然回身，往屋裡跑去，一邊跑，還一邊叫喊，腳下有些踉蹌，跌跌撞撞的，看上去好像很狼狽。

步鸞忙跟著進去。曹朋和陳群相視一眼之後，從馬上下來。

「未曾想，子山沉穩，今日竟有些失態了。」陳群說著，把韁繩遞給了隨從。

曹朋則站在門口，仔細打量一下這個略顯荒僻的宅院，而後輕輕搖了搖頭。看起來，步鸞的這個嬸嬸，日子也過得並不好啊。

就在這時，從茅屋中傳來一聲老嫗的哭聲，似乎很激動。郭寰想要進去，卻被曹朋攔住，「小寰休得魯莽，人家好不容易相逢，正要訴說衷腸。咱們這個時候進去，有一點不合適。」

郭寰點點頭，輕聲道：「公子果然善解人意。」

其實，對於郭寰這種言語上的迎合，曹朋並不太反感。在銅鞮侯家那種環境長大，難免懂得揣摩人的心思，只是曹朋不喜歡她的做作！如果郭寰能自然一些，曹朋說不定更容易接受。也正是因為郭寰的做作，讓曹朋總覺得她有些假……

過了一會兒，步鸞和那少女攙扶著一名老嫗走出茅屋。

「驚方才失態，竟累得公子在門外久候，還望公子恕罪。」
「步鸞不知貴客登門，還望公子海涵。」
少女名叫步鸞，一邊攙扶著老嫗，一邊朝著曹朋欠身微微一福。
曹朋笑道：「子山先生得見親人，即便失態，也是真情流露，何來恕罪一說？」說罷，他朝著老嫗搭了一揖，「老夫人萬安，曹朋這廂有禮。」
哪知老嫗嘴上客套，眼睛卻直勾勾的，全然無視。
步騭朝著曹朋做了個手勢，意思是說：老太太的眼睛瞎了。
曹朋一見，忙上前兩步，搭住老嫗的手，再次見禮，老嫗這才反應過來，連忙還禮謙讓。
「這是我族妹，名叫步鸞。」
「有鳥鸞鳳，人如其名啊。」陳群看著少女，忍不住開口讚道，卻令步鸞頓時羞紅了臉，垂下螓首，不敢再看曹朋等人。
「到屋裡坐吧。」步騭說著，扶著老太太往正廳裡走。
這正廳也是一間茅屋，裡面可說是空空如也，只不過幾張簡陋的蒲席擺放屋中。
步鸞手忙腳亂的打掃了一下，輕聲道：「家中久未來客，所以有些怠慢了……公子請上座，我這就去準備酒水。」

「這個，還是不要忙活了！」

曹朋看這家裡的情況，便知道步鸞家中的生活很窘迫。他朝著郭寰使了一個眼色，郭寰立刻明白，走到院門口，招手叫來一個親隨，把腰間的袋子遞出去，吩咐那親隨去買些酒食。步鸞看得清楚，臉更紅了，連忙想要上前去阻攔下來。

哪知曹朋攔住她，「姐姐休要誤會，那都是子山先生的俸祿。」

「啊？」步鸞一怔，扭頭向步騭看去。

卻見步騭朝她擺了擺手，示意她不要過問，心裡面則對曹朋萬分感激。雖說他在海西效力已有兩個月，但俸祿其實並不多。縣主簿這職位，也就是比一百石的俸祿，折合每個月計算，也就在十六斛左右。步騭食量大，又好飲酒，所以身上也沒能存下多少錢財，唯一的一貫銅錢，還是年關時鄧稷作為獎勵賞賜他。曹朋此舉，可說是給了他足夠臉面。

陳群倒也沒有在意茅舍的簡陋，和曹朋一起跪坐下來。

「小鸞，去燒些水吧。」

「好！」

步鸞剛要走，就聽曹朋道：「小寰，妳幫她一下。」

「喏！」郭寰答應一聲，便要過去幫忙。

步鸞連連搖頭，口中道：「貴客登門，怎能勞動？」

不過，她很明顯是攔不住郭寰，最後還是步騭開口，她才帶著郭寰到了隔壁茅屋中燒水。

老嫗說話時淮南口音很重，加之激動，所以語速顯得有些快，而且還有些含糊。反正曹朋是聽不太懂，只是看著老嫗一會兒哭一會兒笑的，而步騭則在她旁邊緊握住她的手，也非常激動。

「你能聽懂老太太的話？」曹朋發現陳群一臉微笑，悠然頷首。

「我哪聽得明白……她說的是盱眙方言，我根本就聽不清楚。」

「那你還聽得津津有味？」

陳群一瞪曹朋，低聲道：「賢弟，這叫做禮數。難不成我扭頭出去嗎？子山會為我們解釋。」

「呃！」曹朋給了陳群一個白眼球。

你這算什麼禮數？你就是在裝逼！

「公子、長文，世母剛才有些激動，所以怠慢了兩位。」

世母，也是一種禮數上的稱呼，大致就是伯母、嬸嬸的意思。

「老夫人的眼睛……」曹朋忍不住問道。

在來盱眙的路上時，步騭曾向曹朋提起過他這位嬸嬸。由於步騭家貧，所以小時候時常被族人欺淩。正是他這位嬸嬸一直護著他，才使他長大成人。後來步騭離開盱眙，到廣陵討生活，離開老家的時候，他的嬸嬸似乎還沒有瞎掉。

「唉，世父病故，嬸嬸不堪族人的欺凌，於是便回了老家。可是這盱眙老家的情況也不太好……嬸嬸的兄嫂過世，子弟不願接納，還將嬸嬸的田產霸占去。嬸嬸一怒之下，這眼睛就……唉，都怪我，若早一些知道，斷然不會讓嬸嬸受此欺辱。」

步鷺說得有些含糊，但大致上陳群和曹朋都能聽明白。想必也就是那家產的糾紛。在淮陰被步氏族人奪走了家產，原以為回老家還有一份產業可以守候，哪知道父兄亡故，子姪又不願意接納。老太太想必也是個心氣很高的人，這一下子就氣瞎了眼睛。

「那這些年，老夫人是怎麼過來的？」

「小鸞懂事，一直照拂嬸嬸。平時縫縫補補、洗洗涮涮，勉強夠家用耳。」

「哦，原來如此！」曹朋點點頭，和陳群相視一眼。「子山先生，既然盱眙這邊的情況不好，何不令老夫人遷去海西呢？至少到了海西，也能有個照拂不是？」

「這個嘛……我與世母商議一下。」

步鷺和老太太說起了話，而曹朋與陳群則在一旁竊竊私語。

不一會兒工夫，親隨帶著酒食和糧米回來。

「子山，這天也到正午了，先吃東西，咱們吃飽了肚子，再說其他事情。」

步鷺點頭答應，忙招呼步鸞忙活。

酒食都是現成的，步鸞只需要把糧米煮熟即可。八名隨從坐在門廊下吃飯，步鸞和郭寰則在客廳門口擺了個小凳子，小心翼翼的用餐。而步鷺一直坐在老太太身旁，伺候老太太吃東西。

看得出，步鸞母女怕是很久沒有沾過葷腥，所以吃得很香甜。

「對了，小鸞可聽說過雲山米行？」曹朋一邊吃東西，一邊做出渾不在意的模樣問了一句。

步鸞一隻手遮掩著嘴巴，慢慢嚥下一口飯菜後，點了點頭，「有的，就在城東頭，最大的那家就是。雲山米行是本地最大的米行，原本是盧江梅氏所開，不過，這兩年聽人說，盧江有些不太安穩，所以去年的時候便將米行轉給了魯家，如今雲山米行已經改名為東城米行。」

「盤出去了？」曹朋有點懵了。盧江，梅氏？盤給了……魯家？

「友學，你怎麼了？」陳群忍不住好奇問道：「這一路上我就不斷聽你說雲山米行……」

曹朋猶豫了一下，苦笑著搖搖頭。「兄長，這件事說起來可就話長了。」於是，他將自己和鄧稷離開許都，在陳留剿滅雷緒的事情說了一遍，而後從懷中取出那副白絹，遞給了陳群。

「這白絹上提到了雲山米行，所以我才會產生興趣。此前我一直以為白絹上的落款就是王成，可後來又覺得不太對勁！王成就是薛州，而且和雷緒也相識，落款應該用『州』，而非『成』。其實這件事倒也沒太大關係……只不過，我總覺得這裡面，怕有什麼問題。」

雲山米行，廬江梅氏……曹朋腦海中突然閃過一道靈光，問：「雲山米行，何時盤出？」

步鸞歪著小腦袋，仔細想了想道：「好像就是去年的八、九月？具體時間我也記不太清楚了。雲山米行賣的都是精米精粟，我沒有在那邊買過東西，所以對它盤出的事情也不是很瞭解。反正很突然……魯家突然就接手了雲山米行的產業，不過用的大都是米行的老人……以前梅家在這裡很厲害的，可一下子就全部撤走。凡是梅家的人，都沒有再出現過！」

曹朋陷入了沉思。

步鷺突然道：「公子，也許聽錯了呢？你不是說在陳留的時候，有個盜馬賊提到了一個名叫魯美的人嗎？」

「哦，是有這麼一個人。」

「你也說，那個人是從一個酒醉人的口裡聽到這名字的，那有沒有這樣一個可能，喝醉了的人口齒不清楚，將『廬江梅氏』說得含糊了一些，以至於另一個人就聽成了『魯美』？」

「這個倒是有可能啊。」曹朋不由得笑了！

他發現步鷺似乎學會了一招，就是自己那個『大膽假設』的招數。

人如果喝醉了，的確可能口齒不清，而另一個人也喝了酒，很有可能會少聽到一、兩個字。於是，盧江梅氏就變成了魯美！嗯，這個解釋，似乎也合情合理……

至於如何論證？曹朋倒是沒有考慮過，因為這件事好像和他已沒有關係了。盧江梅氏已經盤出了米行，自然不可能再去調查。再者說了，盧江的事情，和他又有何干呢？

想到這裡，曹朋鬆了一口氣。不過旋即又有一個疑問，在腦海中浮現出來：「那為什麼就不可能是魯家？魯家接受了雲山米行，魯美是魯家的子弟，不也一樣合情合理？」

「不可能不可能！」步騭連連搖頭。「公子在徐州的時間終究還是短，所以沒聽說過東城魯家，也情有可原。」

「哦？那還未請教。」

「東城魯家，也是下邳豪族。東城和盱眙原本都是臨淮郡所屬，後來下邳國建立，東城和盱眙便都劃入下邳國治下。它位於盱眙西南部，也是下邳國最南邊的一個縣丞，毗鄰九江郡。」

步騭小心翼翼給老夫人添了一筷子酒菜，然後自己又喝了一口酒。

「不過由於這些年徐州戰亂，呂溫侯雖盤踞下邳，但實際上已經放棄了對東城縣的治理。自袁術盤踞淮南之後，東城實際上已成為袁術的地盤……這魯家呢，祖世為下邳國的豪商，也可以說是這淮南地區最大的糧商。魯家的聲譽非常好，絕不是那種地方豪強惡霸可比。」

「如果說其他人，我倒可能相信，但要說魯家和黃巾盜匪勾結，我萬萬無法相信。這裡面還有一個

初聞東城魯氏

最重要的原因，想當初太平道起事，八州振盪，徐州和揚州都受到了波及。魯家在那次動盪中，損失極為慘重。據說魯家的族長，就死於太平道之手，他家在東城的兩座塢堡被太平道攻破，死於太平道之手的魯家子弟更不計其數，之間的仇恨甚大。」

其實，曹朋也就是那麼一問。魯家接手雲山米行之後，便更名東城米行，已說明了問題。去年九月接手，而雷緒那時候尚在陳留……如果魯家真的和雷緒勾結，也不可能更換名稱。

不過，聽步騭這麼一說，曹朋倒是對魯家有了興趣。他瞇起眼睛，下意識的揉了揉鼻子，「那魯家，為何要收購盱眙米行呢？」

「這個……」步騭搔搔頭，有點回答不上來。

「要不，我們飯後去東城米行看看？」曹朋對陳群說道。

陳群想了想，「倒也無不可。」

就在這時，院子裡突然傳來一陣雜亂的腳步聲，緊跟著就聽人喊道：「老乞婆，有錢買酒肉，卻不知還錢，做的什麼心思？」

步鸞臉色頓時變得煞白，好像受了驚的小兔子，往窗後一縮。而老夫人的臉上則露出一抹怒色，呼的一下站起身來，口中急促的發出一連串的音節，聽上去好像是在咒罵。

曹朋一蹙眉，站起身來，往屋外走去。就見十幾個彪形大漢闖進院子裡，正破口大罵。

「爾等，何人！」陳群從屋中走出來，沉聲喝問。
別看他平時和曹朋嬉皮笑臉，這一沉下臉，那股世家子弟的威嚴頓時表露得淋漓盡致。
「你們又是什麼人？」帶頭的彪形大漢大聲罵道：「老子們討債，與爾何干！」
他的口齒還算清楚，雖夾帶著方言，但曹朋卻能夠聽得明白。
陳群臉上頓時浮現出一抹怒意，他邁步往外走，卻被曹朋攔住。而此時，步騭已衝出茅屋，怒道：
「你們這些沒良心的混蛋，搶了嬸嬸的田產不說，今日又登門生事，爾等欺人太甚！」
「你又是誰？」
「某家步騭，忝為海西主簿。」
大漢們相視一眼，冷聲笑道：「你海西縣的主簿跑來盱眙生事，莫非以為我盱眙無人嗎？」
曹朋走下門廊，蹬上文履，問道：「你們究竟是來做什麼？」
「不做什麼，討債。」
「討什麼債？」
「那老乞婆先前生病時，可是向我們借了不少錢。之前我們看她可憐，所以一直沒有討要，可這老乞婆有了錢不還，反而躲在家中換酒食吃。我告訴你，今天她必須還錢。若是不還錢的話，就拿那小娘抵債，這到衙門裡也是天經地義。」

步鸞躲在屋中，不敢露頭。步鷺氣得想要衝過去好好教訓一下那些人，陳群伸手攔住他。

曹朋這時候也聽明白了事情的緣由。這些人應該是步鷺嬸嬸的族人，甚至是子姪。之前他們霸占了步鷺嬸嬸的田產，後來嬸嬸生病，步鸞就過去向他們借錢……大致情況，應該就是如此。

但曹朋覺得，這事情應該沒有看上去這麼簡單。他目光灼灼盯著那為首的大漢，「錢，我可以代他們還。但是有件事我要問清楚，誰讓你們來的？」

大漢愣了一下，似乎有些猶豫，片刻後開口道：「沒人讓我們來，我們要債又有何不對？」

「呵呵，欠債還錢，天經地義。她們欠了你多少錢？」

「公子，你不要……」步鷺連忙開口喊道，卻見曹朋一抬手，示意他不要說話。

「這……」大漢猶豫了一下，伸出一根指頭，「一貫錢。」

「你胡說，你只給了我五十錢，為何變成一貫？」

「五十錢隔了這麼久，變成一貫，又有什麼奇怪……步鸞，我這裡可是有妳的字據在，妳休想賴帳。」

步鸞小臉通紅，還想要開口辯駁，卻聽曹朋幽幽問道：「一貫錢嗎？沒問題……只不過，錢在我這裡，你可敢過來拿嗎？」

說著話，曹朋向後一伸手，郭寰忙從身上取出一貫銅錢跑到曹朋身邊，放到了曹朋手中。一根手指頭，掛著一貫錢，曹朋晃了晃，朝著那大漢搖了搖，「喏，錢就在這裡，你來拿吧。」為首的大漢似乎有些猶豫。一貫錢的吸引力很大，可是他卻躊躇不定。曹朋比他瘦弱，比他矮小，可是卻讓他感覺捉摸不透，而且那臉上的笑容，似乎有一絲絲詭異和邪魅。

「怎麼？過來拿啊。」

大漢嘁了口唾沫，朝兩邊看了一眼。自己這邊有十幾個人，而對方雖說也有十幾人，可除了婦孺老殘之外，就是文弱書生。那八名親隨中，真正有威脅的，可能也就是四個人！大漢立刻心中大定，料想這小娃娃也鬧不出什麼花招來……

於是，他邁步上前，伸出手朝著曹朋手裡抓去。他本身奉命而來，就是要給這些人一個下馬威，如今還能得了好處，這種事情，何樂而不為呢？

大漢本姓周，是盱眙周氏族人。這周氏，也算得上是本地一個大族，族長周逵更是淮南名士。周逵如今在下邳做事，據說和縣長宋廣的關係很親密，所以周家一直依附宋廣身後。

有縣長撐腰，又怕他個什麼？

大漢的臉上浮現出一抹猙獰之色：縣長大人命我等教訓一下這些人，正好藉此機會收拾他。

大手暗中用力，他準備在拿錢的時候，捏碎曹朋的手掌。可是，當他握住曹朋的手時，卻發現有些不太對勁……曹朋的手掌綿軟若無骨，大漢手上用力，卻好像握住的是一團棉花，硬生生就是使不出力來。

「錢給我！」大漢臉色一變，厲聲喝道。

曹朋呵呵笑道：「你可知道這禽獸和人的分別嗎？」

「什麼？」

「禽獸不知禮義廉恥，而人卻知曉。可知道禮義廉恥是什麼嗎？那就是尊老愛幼……一個不知尊老愛幼之人，嘖嘖嘖，禽獸不如。」

話裡話外，就是罵這大漢禽獸不如。

大漢勃然大怒，剛要發火，忽覺曹朋的手好像蛇兒一樣溜滑，也不知道怎地，就從他手裡滑了出去。沒等大漢反應過來，曹朋反手啪的拍在大漢的手臂上。這一巴掌打得極為乾脆，那聲音清晰可聞，大漢只覺得有一道古怪的力量沿著手臂傳來，整個臂膀頓時間失去知覺。

「我今天，就要好生教訓你這種禽獸不如的東西。」

也不見曹朋身體有什麼動作，腳下唰唰兩步快走，眨眼就搶到了大漢身前，一隻腳別住了大漢的雙腿，腰胯一扭，蓬的一聲，就撞在那大漢的身上。大漢大叫一聲，身體向後栽倒。而就在這一剎那，曹朋出手了……

「我要你放高利貸，我要你不懂尊老，我要你欺騙弱女子，我要你過來尋事……」

曹朋的語速很快，但雙手更快，只聽啪啪啪一連串清脆的擊打聲響起。

那銅錢不知何時纏在他的手上，一下下拍擊在大漢的臉上，每一拳擊打，必然會帶起一溜血珠子。一眨眼間，大漢被打得滿面血汙，身體不住的向後傾倒。曹朋雙拳如飛，打出了二十餘拳，最後，隨著蓬的一聲，大漢身體著地，曹朋的拳頭正好砸在那大漢的鼻子上，鼻梁骨斷裂的聲音清晰可聞。

這二十幾拳下去若用言語形容，好像花了很長的時間。可實際上，不過短短一息而已……

一個活蹦亂跳、五大三粗的大漢，已經倒在了地上，滿臉是血，昏迷不醒。

曹朋緩緩直起身子，向後伸出了手。

院子裡，寂靜無聲。大漢的慘叫聲似乎猶在迴盪，可是人卻已經人事不知。

曹朋迅猛如雷霆般的打擊，令所有人都傻了眼。而他那凶狠的手段，更令大漢的同夥臉色發白。平時他們耀武揚威，可如果遇到真正的狠人，就全都歇了。

「手帕！」

郭寰也感到有些頭暈。她沒有見過曹朋發火，也沒有見過曹朋出手，了不起就是曹朋操練鄧範的時候，郭寰看過那麼兩眼。所以，對於曹朋究竟有多狠，她還真不太清楚，只知道這位平日裡很和善，笑起來也很好看的公子，曾經殺過人，而且殺過不少人。

據說，他一刀將海西的惡霸開膛破肚。

據說，當數千海賊來襲的時候，他在談笑間，令千個人頭落地。

哪怕是親眼見過那城牆上的百餘顆人頭，郭寰還是不覺得曹朋有多麼凶狠。而現在，曹朋沒有殺人，可是給她帶來的震撼，卻比殺一個人、十個人，乃至百個人更強烈。

剛才還一副弱不禁風的小模樣，郭寰心裡還唸叨說公子有點軟弱，可一眨眼……

聽到曹朋的聲音，郭寰馬上反應過來，匆匆跑上前去，從懷中取出一條帶著淡淡體香的手帕，放到了曹朋的手裡。

曹朋把手上的血汙擦乾淨，皺了皺眉，扭頭道：「手帕髒了！」

「啊……沒關係，小婢回頭清洗一下就好。」

「這個嘛……還是算了。上面沾著禽獸之血，很難洗乾淨。小寰，我欠妳一方手帕，回頭還給妳。」

「呃……」

沒等郭寰反應過來，曹朋把手帕一丟，輕飄飄的落在那大漢的臉上。

雪白的手帕，頓時被鮮血染紅。

曹朋在手裡掂了掂銅錢，若無其事的看著門口的那些大漢：「好了，誰來拿錢？」

十幾個大漢，卻沒有一個人往前湊。大家都是江湖中人，所謂行家一伸手，便知有沒有。這些人雖然算不得什麼行家，可是看曹朋的出手，就知道眼前這少年絕對不是他們能夠相提並論的。太狠了，簡直是太狠毒了！那一拳拳打下去，也不知老周那張臉，以後會變成什麼樣子！

「一群無膽鬼！」曹朋冷笑一聲，「只知道欺凌婦孺嗎？」

說完，他把手裡的銅錢往那昏迷不醒的大漢身上一扔。

「兄長，我可是把錢還了。」

前世，曹朋也算個嫉惡如仇的人，但許多時候，他身為執法者，卻不能去伸張正義。人情法律交織在一起，形成了一張盤根錯節的巨網，所有的事情都必須要遵循在一個尺度當中。有些人明明犯了罪，卻得不到懲罰，時常令曹朋感到揪心，特別是那些倫理道德的犯罪，更讓他痛心疾首，卻又無可奈何。而重生之後，在這個混亂的年代裡，曹朋發現自己可以無須再受約束。有些事情，當律法不能給予懲罰的時候，暴力也許是一個最佳的解決途徑……

陳群這時候也省悟過來，微微一笑，點頭道：「沒錯，為兄可以證明。日後若還有人敢呱噪，就讓他來找我說項……某家穎川陳群，陳寔是我祖父！先居於下邳，爾等聽清楚沒有！」

曹朋差點噴出一口血。

陳群這句話，怎麼聽上去和後世的『我爸是李剛』有異曲同工之妙？看起來，不論是什麼時代，

『拚爹』才是王道啊！（注一）這也更加深了曹朋想要為他老爹謀算的信念。

一幫子閒漢，肯定不會知道什麼穎川陳群，也不可能知道誰是陳寔。但這些閒漢背後的人，肯定知道！

「帶著你們的人，立刻給我滾出去……回去告訴你家主子，就說別耍這種小孩子的把戲。有本事擺開車馬來，咱們實打實拚鬥。如果沒那膽子，就縮回他老娘的褲襠裡，別給我露頭……滾！」

曹朋罵起人來，可是比這幫子閒漢更加狠辣。

十幾個大漢耀武揚威的過來，此刻卻只能灰溜溜的上前，把那昏迷的大漢抬起來往外走。一個閒漢看著地上的銅錢，猶猶豫豫，他嚥了口唾沫，哭喪著臉，朝曹朋看去。那模樣，活脫脫像受了氣的小媳婦。

曹朋懶得理他，扭頭往回走。

閒漢深吸了一口氣，大著膽子，抓起銅錢扭頭就跑，出門的時候還不小心被門檻絆了一下，碰的摔在地上……

陳群看著那些人的狼狽模樣，忍不住哈哈大笑。他也聽人說過曹朋心狠手辣，可是和郭寰一樣，也只是聽說，卻沒有親眼見過。雖說他見過海西長街清理屍體的現場，但心裡面總是以為那並非曹朋所為。曹朋，也就是掛了個名而已。

現在看來，友學毒辣，果然不假。

曹朋走到門廊下，一拱手，「子山先生，恕我魯莽，擅自出手。那幫人……恐怕不會就此罷休。這盱眙不是久留之地，咱們當儘快離開。世母若繼續留在這邊，恐怕是難有善果。不如你把情況說明，請世母和咱們一起走，也省得受那些閒氣……」

步騭很無奈的笑了。剛才看曹朋動手的時候，他心裡面覺著挺痛快，可轉念一想，這樣子嬸嬸就沒辦法再留在盱眙了……看著曹朋一臉無所謂的表情，步騭是既生氣又感激，生氣的是，曹朋這一動手，嬸嬸難免要背井離鄉；感激的是，這情況下嬸嬸怕是也沒有其他選擇。如此一來，反而省卻了自己一番口舌的辛苦。

「嬸嬸，我們離開這裡吧。姪兒現在雖未發跡，卻也有了容身之所。海西那邊，還有姪兒一處宅院，嬸嬸過去，正好居住。」步騭說的是淮陰方言，沒有盱眙方言那麼難懂。

老太太嘰哩咕嚕的和步騭交談兩句，又喚過步鸞，輕聲詢問兩句之後，便點了點頭。

「既然如此，咱們事不宜遲，立刻動身。」

步鸞急忙道：「可是……可是行李還未收拾，而且那灶上的糧米……」

「小姑娘，若再不走，恐怕就走不成了。」陳群一旁開口，讓步鸞臉色一變。

步騭道：「小鸞，哥哥那邊什麼都有，就別再去費心這些東西。妳趕快去借一輛車馬，咱們儘快走吧。」

步鸞猶豫一下，點頭答應。

曹朋等人也不停留，邁步走出院門，跨坐上馬。步騭先攙扶著老太太坐上了馬，然後牽著馬在前面領路。一行人出巷口的時候，步鸞已經從街市上找來一輛馬車。步騭又攙扶著老太太從馬上下來，登上馬車。

步鸞隨後也上車，對車把式輕聲道：「老叔，煩你載我們一程，先出去再說。」

車把式顯然也認識步鸞，二話不說，揚鞭趕車。

曹朋等人縱馬疾馳，沿著長街風一般的衝出了盱眙縣城。在城外，和郝昭等人會合一處。

果然不出所料，城裡的那些商行聽聞夏侯蘭和王買的口音，不約而同的拒絕了他們的請求。所有的商行都是一句話：沒貨！

「咱們走吧。」陳群笑呵呵道：「從這裡到東陽，不過兩、三個時辰的路。到了東陽，就是廣陵所屬，料他們也不敢過去生事。」

「善！」步騭爽快回答。

可是車把式卻有些猶豫了。

他這時候聽明白了，曹朋這些人似乎是縣長的對頭。「小鸞啊，不是老叔不幫妳，可老叔這一家子都還在城裡，若是被人知道我載了你們的話……小鸞，你們還是下車吧。」

「何來如此呱噪！」王買勃然大怒。他在城裡生了一肚子的氣，正憋著火，耳聽那車把式的推脫之語，這一肚子的火氣頓時爆發，刷的抽出鋼刀，催馬就衝上前去。

那車把式嚇得臉發白，連忙躲到了步鸞的身後。

曹朋一蹙眉，喝住了王買。他催馬上前，「多少錢？」

「啊？」

「我是說，你這車馬幾多錢？開個價，我兩倍於你！」

車把式聽聞，眼睛不由得一亮。他顫巍巍從步鸞身後出來，看了看王買，又瞧了瞧曹朋，哆哆嗦嗦伸出手來，張開了巴掌。

「你這老貨，一匹駑馬，一輛破車，也敢要五十貫，作死不成？」王買氣得破口大罵。

曹朋連忙把他攔住，就見車把式含含糊糊的說：「不是五十貫，是五貫！」

「呃……你不會說啊？比劃個什麼？」王買有些尷尬的搔搔頭，撥轉馬頭嘀嘀咕咕的走了。

「老人家，五貫可買不來一輛馬車。」曹朋笑呵呵說道，而後讓郭寰取來一個錢袋子，在手裡掂了掂。

「若在車馬市，你這車馬大概要三十貫左右。這裡有五十貫，拿回去買輛新車，好好過日子吧。」

如果是在許都，一輛馬車大概要二十貫左右。不過由於徐州地處江淮，馬匹要比許都的昂貴不少，所以三十貫倒也還算是合適。

車把式接過了錢袋子，恍若做夢。他突然跪下，連連磕頭道：「小人多謝公子賞賜！」

曹朋笑了笑，沒有再和車把式糾纏。只見他撥轉馬頭，朝著盱眙方向看了一眼，突然大笑道：「走，咱們出發！」

注一：拚爹，當今社會的流行詞，指的是「比拚老爹」。在貧富差距越來越明顯的社會，子女的貧富意識也越趨明顯，造成子女比拚各自的父母，例如經濟能力、社會地位等等，這些人認為自己學得好、有能力，不如有個「成功」的老爸。這個詞和富二代、窮二代這兩個詞緊密相連。（節錄自百度百科）

章二 陋室銘

盱眙縣衙內，宋廣暴跳如雷，看著花廳裡那昏迷不醒的大漢，只覺得一股氣往腦門子上衝，兩隻手更在袖中顫抖不停。本想教訓一下曹朋等人，哪知道被曹朋等人反過來教訓！

宋廣自十四歲起追隨宋憲征戰，如今已逾十五年。只不過他本事不高，所以無論是在丁原帳下，還是在董卓手裡，抑或者如今在呂布軍中，宋廣一直沒有得到重用。此次被任命為盱眙縣長，也是不得已而為之，宋憲是擔心宋廣出事，所以把他從軍中調到了地方就任。哪知道剛上任，就遇到這麼一檔子事情。

花廳裡，周家的人仍在哭嚷，讓宋廣煩不勝煩。

「一群廢物，那麼多人居然被一個小娃娃嚇得不敢出手，還有臉在這裡哭訴？」

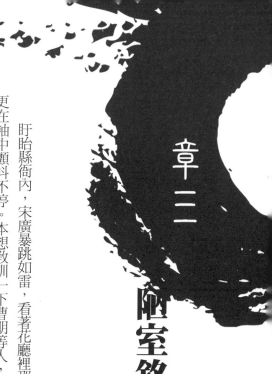

「宋縣長，非是我的人無能，而是那小娃娃太過凶殘。二話不說就動手，你看看周傑被打成了什麼樣子？剛才在醫館裡，先生也說了，面骨和鼻子都被那小娃娃打斷，連牙齒都打掉了。宋縣長，你可要為我做主啊……若是讓那凶徒走了，我周氏一族如何在盱眙立足？」

宋廣的面皮不由得一抽搐，臉色頓時陰沉無比。「周延，你在威脅本縣？」

「啊……」

周延，就是步騭嬸嬸的姪子。三十多歲的他，生得白白胖胖，很是富態。

聽聞宋廣這一句飽含殺機的話語，周延頓時給嚇住了。

「夷石，你又何必呢？」一旁端坐的青年，站起身來。

此人正是呂布假子，呂吉。

他笑呵呵的上前，安撫宋廣坐下，然後又厲聲呵斥周延道：「周延，你好不更事，宋縣長如何決斷，什麼時候輪到你來評論？」

周延連忙叩頭，向宋廣請罪。

宋廣擺擺手，猛然睜開眼，「難道，就放任他離去？」

『他』，自然就是曹朋。

呂吉嘆了口氣，輕聲道：「不讓他走，難道還要請他飲酒嗎？」

「子善，你應該知道我的意思。」

「我當然知道，可問題是，咱們現在奈何不得他們。」

宋廣一蹙眉，「此話怎講？」

「你沒聽剛才周延說了，那小賊身邊還跟著陳寔的孫兒。陳寔……夷石老兄，你可聽清楚，那是陳寔。」

「陳寔，又怎樣？」

宋廣和呂吉的情況不一樣。呂吉工於心計，在兗州的時候，就很注意和外界的交流，來到下邳後，他更是做出一副虛心請教的模樣，迎奉陳宮，與本地豪族結交，所以很會審時度勢。

而宋廣不同，他就是一介武夫，而且還是那種不怎麼樣的武夫，頭腦比較簡單，而且也不太虛心好學，根本就不知道陳寔究竟是什麼人，也不知道陳寔在這個時代有著何等名號。所以當呂吉說完之後，宋廣有些疑惑的朝呂吉看過去……

「那是早年了不得的名士。」

「那又如何？」

「你知道這陳寔有多大的名聲？你若是動了他的孫子，連你叔叔都保不住你。」

「陳寔這麼厲害？為何我沒有聽說過？陳國相我倒是知道，難道他比陳國相還要厲害？」

「那是陳國相的長輩……不過已經死了。」

宋廣頓時露出不屑之色，「死人，你怕什麼？」

「正因為陳寔已經死了，所以他的那些門生故吏更不會坐視不理。你試試看，只要你敢去動那個陳長文一下，明天父親就敢派人過來砍了你的腦袋。有陳群在，此事怕是難辦了。」

「呃……」宋廣有些怕了。

他糊塗，卻不代表他就是個愣子。連溫侯呂布都要禮讓三分的人，又豈是他能對付？

「可是，就這麼放走他，我不甘心啊。」

呂吉在花廳內徘徊，沉吟片刻後，一咬牙，輕聲道：「莫說你不甘心，我也不甘心……那姓曹的小子太囂張，咱們怎樣都要打壓一番才是。我聽說，此前有廣陵人衛旌前去海西投奔，卻被這小子給氣走了。咱們乾脆就在這件事上籌謀一下，搞臭他的名聲，讓他在廣陵不好過。衛旌好歹也是廣陵縣人，只要搞臭了姓曹的名聲，他在廣陵縣必然是寸步難行，你看如何？」

其實，呂吉和曹朋並沒有深仇大恨。

曹朋甚至到現在也沒有想明白，呂吉為何會在下邳害他，這似乎只能歸咎於孫乾挑撥。可這蒼蠅不叮無縫的蛋，呂吉如果不是對他有敵意，也不可能被孫乾挑撥。

那麼，呂吉和曹朋，究竟有什麼仇恨呢？這件事說起來，可就有點長了……

呂吉本叫做韃虺吉，原本是鮮卑混血。其母被呂布救出，呂吉這才跟了呂布的姓，成了呂布的兒子，可實際上誰都知道呂布並不怎麼看重呂吉。為此，不論是陳宮，還是最早跟隨呂布的魏續、侯成，都曾私下裡建議呂布不要認呂吉為子，以免鬧出事端來。可呂布又不忍下這狠心。

呂吉就這麼不清不楚的跟著呂布東征西討，也立下過不少功勳。這心思，從一開始的畏懼，逐漸產生了變化……他想要接過呂布手中的勢力，成為呂布的繼承人。

可問題是，呂布不可能讓他做繼承人。說句不好聽的話，呂布甚至可能讓呂藍做繼承人，都不可能交給呂吉。這也讓呂吉懷恨不已。

呂藍漸漸長大了，越來越水靈。呂吉開始生了其他的念頭：如果自己能娶了呂藍，而呂藍又是呂布唯一子嗣，那豈不是說將來呂布的一切都會交給自己？

畢竟，雖說兩人有兄妹之名，卻無血統之實。

其實就算是兄妹又怎麼樣？在鮮卑，兄娶妹、子納母、弟迎嫂，都是天經地義的事情……

呂吉這骨子裡，流淌的是鮮卑人的血脈，對於倫理，並不在意。所以，凡是有可能對他產生威脅的人，呂吉都不會放過。

呂藍在下邳無意間為曹朋解圍，令呂吉有些擔心。他擔心，萬一呂藍對曹朋生出好感，豈不是令他計畫落空？這種事情他是萬萬無法容忍，所以孫乾一挑撥，呂吉就生了毒念。

而今，呂藍又跑去了海西！雖說曹朋離開了海西，可是這件事，卻讓呂吉如鯁在喉。若不毀了曹朋，他這心裡面，恨意難消。

宋廣聽了呂吉的主意之後，喜不自勝，連連點頭，便喚人：「周延。」

「小人在……」

「你周家在廣陵，應該有些人脈吧？」

「回縣長的話，周家祖世居於盱眙，家兄更是下邳名士，才學過人，當然識得人脈……」

「那你清楚，自己該怎麼做了嗎？」

周延抬起頭，嘿嘿一笑。「縣長放心，不出月餘，小人必使得那小賊在廣陵無容身之處。」

「甚妙！」

呂吉和宋廣相視一眼，不由得哈哈大笑。

建安三年，劉備被呂布使張遼、高順擊潰。曹操聞知後，立刻命夏侯惇前去馳援，意圖奪回小沛，沒想到被張遼設計，夏侯惇慘敗而回。劉備帶著關羽和張飛，隨夏侯惇退守碭山一線，才算穩住陣腳。只是，劉備的家眷被呂布所得。

好在呂布並沒有為難劉備的家眷，在得知其兩位夫人被俘之後，反而命張遼將其家眷歸還。

很難說，呂布究竟是存了什麼樣的心思。

但如果要曹朋評價：呂布是那種典型的『禍不及家人』的人。

他看重家人，所以也以為劉備同樣看重家人。殊不知，那劉備卻是個『兄弟如手足，妻子如衣服』的人。呂布占領了沛縣之後，卻沒有繼續推進，而是命張遼屯守於沛縣；同時，呂布把高順調回下邳，大加賞賜。

只是在賞賜的同時，呂布再一次從高順手中奪取了兵權，把陷陣營交由魏續統領。高順對此並無任何怨言……

正月，孫策派遣正議校尉張紘至許都進獻方物。

所謂方物，就是類似於祥瑞之類的物品。曹操表孫策為討逆將軍，進封為吳侯，同時又讓姪女許配給了孫策的弟弟孫匡，並為幼子曹彰娶豫章太守孫賁的女兒為婦，禮辟孫權、孫翊，並任張紘為侍御史，留在了許都。一時間，孫曹聯手之勢已彰顯無遺，令天下惶恐。

袁術得知消息後，大罵孫策是無義小兒。他秘密派遣使者前往丹陽，與丹陽宗帥祖郎聯絡，並授予印綬，命祖郎聯絡山越，襲擊孫策。

同時，昔日揚州刺史劉繇部將太史慈，屯聚蕪湖，自領丹陽太守，與孫策抗衡。

至三月，曹操再次出兵，決意先不理呂布，攻取穰城，徹底占領南陽。

章二 陋室銘

同月，一個青年整頓行囊，離開了新野老家，懷著一腔理想，踏上了前往廣陵海西的道路……

這青年，名叫鄧芝。

時值三月，煙雨朦朧。

每年到了這時候，廣陵縣總是細雨靡靡，別有一番風味。廣陵特有的瓊花，在這個月盛開。據說這瓊花只生於廣陵，出廣陵百里就再也難存活。於是乎，廣陵瓊花也就成為當地一景。

三月之時，正是賞花的好晨光。陳群一早起床，夾著一支竹簦，頭戴綸巾，一襲青衫，腳下蹬著一雙木屐，悠悠然向門外走去。

「長文，你這是要去哪裡？」陳登站在門廊下，喊住了陳群。

「東陵亭。」

「你怎麼又跑去東陵亭了？」

「嘿嘿，東陵有美味，且宜觀江水。」

陳登一蹙眉，苦笑著搖搖頭，從門廊走下來，到了陳群身邊說道：「長文，非是我阻攔你，可你也聽說了，友學如今身負非議，實不宜做事。家父讓他暫居東陵亭，其實也是想讓他避一避風頭，順便讓他能靜下心來，好生鑽研學問。但你這樣天天過去，他如何能靜下心呢？」

陳群聽聞，不由得笑了。「可是，我覺得友學如今很平靜啊。」

「何以見得？」

「前些天我到東陵亭時，曾在友學書齋中看到一篇文章，其文甚美，且蘊意深邃……我讀過之後，覺得友學其實心裡非常寧靜，絲毫沒有什麼怨恨之意，而且德行越發高明。」

曹朋已來到廣陵縣兩個月了！

他原本是征辟而來，陳登打算命他出任督郵曹掾之職，循行東部。哪知道，曹朋人還沒有到廣陵，這謠言便已經過來了，說曹朋為人狂傲，且才疏學淺，出身低賤，不懂得禮儀……

諸如此類的話，不斷傳入陳登耳中。陳登立刻意識到，這是有人刻意為之。

只是，這謠言出來後，廣陵人衛旌便立刻站出來證明此事。這衛旌雖說貧寒，但在廣陵也小有名氣。他這一出現，立刻使得許多廣陵人生出同仇敵愾之心，勸阻陳登不要征辟曹朋。

陳登也很頭疼，於是向陳珪請教。

陳珪則認為，既然廣陵人都在反對曹朋，那麼這個時候任用曹朋，就顯得有些不妥。可曹朋已經來了，也不好讓他再回去，不如讓他去東陵亭循行，暫時避一避風頭，而後再說。同時陳珪覺得，曹朋去東陵亭也正好可以靜下心，好好讀一讀書，畢竟他這個年紀正是讀書的好時候。

陳群對此非常不滿，據理力爭。

可陳珪主意已定，想要讓他改變，也不容易。況且，陳珪也是為曹朋好。

陳群見無力回天，也只好沉默……只不過，在平時和好友相聚時，他總會有意無意的與大家說起曹朋，慢慢為他洗去冤屈。兩個月下來，倒也有些成效。

特別是在步騭登門責問衛旌之後，與衛旌絕交，以示曹朋清白。

步騭，在廣陵也小有名氣。他既然站出來替曹朋說話，自然讓不少人也生出了動搖之心。

加之曹朋來到廣陵後，很低調。

讓我去東陵亭循行是嗎？那我就去！

他在東陵亭搭建了一座茅室，習武讀書，倒也悠然自得。只這一份寵辱不驚的胸懷，便足以讓人為之讚嘆。

而隨後又發生了一件事，那就是有人傳出衛旌收取了盱眙周家的錢，特意抹黑曹朋。消息一傳出，廣陵縣頓時譁然，衛旌連夜離開廣陵，往江東遁走。如此一來，更坐實了此事，廣陵人開始懷疑，他們是否錯怪了曹朋？

陳登好奇道：「長文才學出眾，能得你如此稱讚，想必是一篇妙文。」

「妙，絕妙文章。」陳群笑道：「我得此文，可三日不食肉味。」

「是嗎？」陳登表示懷疑。

陳群正色道：「若不然，我為你試記之？」

「願聞其詳。」

陳群深吸一口，站在門廳下。他閉上眼睛，沉吟許久，緩緩而誦之。

「山不在高，有仙則名。水不在深，有龍則靈。斯是陋室，惟吾德馨。苔痕上階綠，草色入簾青。談笑有鴻儒，往來無白丁。可以調素琴，閱金經。無絲竹之亂耳，無案牘之勞形。陽城元禮居，平輿仲舉亭。孔子曰：何陋之有？」

當陳登從那抑揚頓挫，極具韻律的吟誦中清醒過來時，陳群已不知去向。

陽城元禮居，平輿仲舉亭，所指的是東漢末年兩位極富盛名的名士，李膺和陳寔。

李膺表字元禮，因打擊宦官，謫居陽城。時有『天下楷模李元禮』的說法，就是李膺。而陳寔更是因試圖剷除宦官，而最終慘遭迫害。

可以說，中國的士大夫與宦官之爭，從來就沒有停止過。

後世很多人都認為，明朝才是士大夫和宦官相爭最激烈的時代，然實際上，真正開啟武力鬥爭模式的，卻起源於漢代。東漢末年的士大夫、外戚和宦官三者間爭鬥的慘烈，甚於明代。

陳登嘆了一口氣，搖了搖頭。突然間，他也生出了想去看一看曹朋的念頭。

章二 陋室銘

曹朋來到廣陵兩個月，除了最初見過一面之後，陳登就再也沒有和曹朋見過。連帶曹朋那兩百武卒，也被一同安排去了東陵亭。此時想想，自己之前的行為似乎有怠慢的嫌疑……

如果沒有這篇《陋室銘》，陳登還不會有這種念頭。

但這篇《陋室銘》一出，立刻使曹朋的層次提升許多。東漢末年，講求才能與德行並修。才學好，而德行不好，始終無法令人敬服。所以很多人在才能和德行之間，首選便是德行。

看起來，我還是小覷了曹友學，應該走一趟東陵亭才是。

陳登想到這裡，立刻更換衣裳。可是，當他剛把衣裳換罷，卻得到消息：許都派遣使者出使江東，如今隊伍已經抵達廣陵城外。

許都的使者嗎？

陳登立刻意識到，也許用不了多久，曹操定會有大動作！

東陵亭，本名東原，青草壗。時有女傑杜姜抗擊海賊，並葬於此地。

漢明帝五年，當地人在杜姜墓旁築祠，又因東原地處東方，毗鄰大江之畔，故而易名東陵。而後，有築亭築兵，從此便有了東陵亭的名號。

東陵亭，亦即後世江都宜陵鎮。

曹朋被派駐東陵亭，倒也沒有什麼怨言。早在海西的時候，他就知道想在廣陵立足並非一件易事。所以一進入廣陵，聽到那些謠言之後，曹朋便有了心理準備。此前，他對廣陵的認識非常模糊，等到了廣陵，看到了盛開於煙雨中的瓊花時，曹朋才知道，廣陵縣就是揚州。

揚州瓊花嘛……

來到東陵亭後，曹朋的心態倒是很平和。

這東陵亭存在的主要目的，是為了防止海賊和水賊在廣陵登陸。

由於東陵亭位於江水的入海口，從海上、從江水上游，水賊或海賊都能輕鬆的在此登陸，襲擾當地之後又迅速撤離，很難捉捕。所以，曹朋覺得他被派到東陵亭也算不上是謫居。

事實上，曹朋認為駐防東陵亭，對廣陵有著極為重要的意義，他也是這麼告訴夏侯蘭、王買和郝昭。本來這三人心裡還懷著一股怨氣，可聽曹朋這麼一說，倒也釋懷不少。於是，曹朋命夏侯蘭和王買在東陵亭分兵駐守，各領一隊兵馬；而郝昭則獨領一屯，駐紮於江邊。

曹朋自己呢，則在江邊修築了一座簡單的房舍，權作為臨時住所。一間正廳，兩排廂房，後院毗鄰江水，可以泛舟於江上。

整個宅院，一共住了四個人。除了曹朋之外，步騭也住在這裡。同時步鸞和郭寰作為女婢，住在旁邊的廂房裡，負責照顧曹朋的飲食和起居。

而步鶯的嬸嬸，在到達廣陵縣之後，就被曹朋託付陳群，派人送往海西。

老太太臨走的時候，堅決要求步鸞留下來。她的理由很充分，「我受曹公子大恩，焉能不報？偏偏我一個孤老婆子，還瞎了眼睛，沒辦法報恩。就讓步鸞留在公子的身邊，雖然她粗手粗腳的，卻也能照顧一下公子的起居。」

曹朋可是幫她還了一貫大錢呢。

步鶯對此沒有意見，老太太的態度也非常堅決。

本來曹朋連郭寰都不想留下，可現在倒好，身邊有了兩個婢女，也著實感到有些無奈……

但不得不說，有人伺候的感覺，真好！

步鸞繼承了江浙女子的溫婉良淑，能縫縫補補，還會做一手好菜；而郭寰呢，為人機靈，很能察言觀色，和步鸞倒也相得益彰。兩個小婢女留在身邊，著實讓曹朋省卻了許多麻煩。一來二去，曹朋也漸漸的習慣了被人伺候的感覺。

陳群來到東陵亭時，已經過了辰時。還沒有走進曹朋的那所陋室，就聞到了一股沁人肺腑的香味。

「寶堅，聞到了沒有？聞到了沒有？」陳群的眼睛一下子鋥亮，嚥了口唾沫，頗有些急切的問道。

天上又下起了濛濛細雨，江面上有一層如絲縷般的輕霧。遠遠看去，只見在江畔一簇盛開的桃林後，有一座小小的宅院，顯得格外清幽。

從馬車上走下兩個青年，年紀大約三十上下，舉止優雅，頗有氣度。
看了一眼手持竹簦的陳群，其中一個青年，忍不住笑了。
「長文老饕，果然不假。」
「你管我老饕與否，只聞這氣味……嘖嘖嘖，我突然有些羨慕友學了！」
「哦？」
「你看這江畔輕霧，細雨濛濛。身處桃紅杏白之中，有佳人相伴，有良友相陪，怎一個愜意了得。」
兩個青年聽聞，忍不住哈哈大笑。
「聽長文這麼一說，我與季弼倒覺得自己俗氣了！」
「既然如此，何不下馬入桃林？嗯，這香氣頗有些怪異，著實令人有些垂涎。」
三人說罷，命馬車停下，邁步走向桃林。
穿過林中小徑，踏踩凋落在小徑上的桃紅杏白，浮躁的心情一下子變得平靜許多。待穿過桃林之後，便看到一座低矮的院牆。牆面敷一層粉白，在濛濛輕霧中，透出幾分輕靈之氣。
一排茅廬，呈現在三人面前。
「友學，友學！」陳群快走幾步，大聲叫嚷道：「今日又有什麼新鮮美味？」

他邁步走進洞開的院門，就見步鸞身著一件發白的布衫，腰繫布裙，從廚房裡走了出來。

「陳先生，您怎麼來了？」

「嘿嘿，我有神通，掐指一算，知友學今日烹煮美食，故而與人前來。」

兩個青年跟在陳群身後，看到步鸞，也不禁眼睛一亮——好俊俏的美婢！

愛美之心，人皆有之。兩個青年不由得暗自感慨：這曹友學，果然雅人。

聽說他的兩個女婢，生得傾城動人。只看眼前這小婢，就知道傳言不假，不知另一個又是怎生模樣？兩人此刻倒真的有些羨慕起來。

「公子和堂兄一早帶著小寰打漁去了……嗯，差不多也該回來了。陳先生可到後堂廊上，應該能看到他們。小婢這邊還有事情，所以就不招呼貴客，請先生自便。」

「小鸞啊，友學又搞出了什麼美味？」

「嘻嘻，公子前些日子教了小婢一個三套鴨的菜肴。貴客既然來了，正好可以品嘗一番。昨日公子還讓人採摘了梅子，說是要用來煮酒。他和堂兄坐船打漁，不曉得能有什麼收穫。酒在後廊已經備好，陳先生自便。」

「三套鴨？」陳群看了一眼步鸞，又扭頭看了看兩個青年。「這三套鴨，又有什麼講究？」

所謂君子遠庖廚，要陳群三人進廚房，那是萬萬不可能。不過，他心裡又有些好奇，所以忍不住開口詢問。

「昨日夏侯大哥獵來了幾隻鴿子，伯道大哥捉了兩隻野鴨，堂兄買來了一隻家鴨。將鴿子藏於野鴨腹中，再將野鴨藏於家鴨腹中，這就是三套鴨的來歷……嘻嘻，一會兒您就知道了。」

陳群的眼睛更亮了！

而兩個青年則是面面相覷，同時搖搖頭，表示沒有聽說過這道菜肴。

步鸞又跑進廚房忙碌，陳群則帶著兩個青年，脫下腳上木屐，邁步走進正堂。正堂裡的擺設很簡單，一副坐榻，一張書案。旁邊擺放著幾張蒲席，是用來待客、商議事情的地方。

正對著大門的牆上，掛著一片漆屏。黑底白字，寫的正是那篇《陋室銘》。看文字，飛白輕掃，絲縷渾然，甚得蔡邕飛白書之神韻。

「這是……」

「文章是友學所做，字卻是子山所書。」說到這裡，陳群不禁搖了搖頭，「友學的學問倒是不錯，只是他那字四平八穩，實在是……」

兩個青年聽聞，頓時笑了。

站在漆屏前，三人又品頭論足一番，然後穿過小門，來到了後廊之上。

所謂的後院，其實就是一片空地。沒有任何裝飾，只用鵝卵石鋪成一條小徑，一直延續到江邊。江畔，用青竹搭建成了一座簡易的碼頭。

後廊上，一個紅泥小火爐映入三人眼簾，那火爐中盛著火炭，上面還擺放著一個陶製的水盆，水盆中有一個酒壺。還沒等坐下來，那沁人肺腑的酒香就飄過來，令三人不由得垂涎。

坐在後廊上的圓桌旁，向江水眺望，隱隱約約，可以看到一葉扁舟正停泊在江中。

隔著那一層輕霧，無法看清楚船上的情形。但從那輕霧中傳來似有若無的少女歌聲，卻讓陳群三人又不禁一陣感慨。

「寶堅、季弼，有何感受？」

兩個青年相視，不由得笑了起來。

「長文，你又何必明知故問？若我二人對曹友學懷有惡意，斷然不會隨你前來。當初謠言四起時，我與季弼也未出聲，你又何苦為難我二人呢？不過，觀此景，曹友學當非庸俗之人。我記得他今年不過十五，小小年紀能有此寵辱不驚之胸懷，他日前程不可估量。」寶堅笑著回答。

而季弼則點點頭，「觀其住所，當知其人心性。曹友學，雅人也！」

在東漢末年，能被冠以『雅』之名，那已經是很高的評價了。

兩人這一番話出口，陳群也不由得笑了。

三人坐在後廊上，喝著溫溫的梅子酒，看著那停泊在輕霧中若隱若現的小舟，不免又是一番感觸。

從遠處，傳來軍營的刁鬥聲息，想必是郝昭操演人馬結束，正準備收整人手……

江面上的那一葉扁舟，在這時候也動了！

在絲縷輕霧中穿行，給人一種自仙境中來的奇妙感受。

片刻後，那扁舟停靠在了碼頭上，一個布衣木簪的少女從船上跳下來。

緊跟著就看到步騭和曹朋，各自披著一件蓑衣，頭戴雨笠，登上碼頭。兩個人手中各拎著一個木桶，行走間，可以看到桶中水花飛濺，似乎有魚兒在裡面翻騰。曹朋和步騭都是一身單薄襜褕，上身一件灰色短衫，下身一條灰色長褲。那褲腿被高高挽起，赤著足，沿著鵝卵石小徑走過來。一邊走，兩人還一邊說笑，那種奇妙感受，令人難以用言語形容。

陳群站起身來，「看樣子，他們收穫頗豐。」

兩個青年也含笑起立，目視兩個漁翁打扮的人越走越近。

「賢弟，你再不回來，你這酒可要被我們喝完了！」陳群大聲招呼。

曹朋一怔，抬頭看去，「兄長，你們怎麼來了？」

「嘿嘿，聞得有佳餚出，為兄是不請自來。」

步騭忍不住哈哈大笑，「陳長文確生了一隻好鼻子……」

郭寰把扁舟繫在碼頭上，從後面一路小跑追上來，恰好聽到步騭這一句話，忍不住噗嗤笑了。她這一笑，卻百媚橫生。

與先前步鸞那種溫婉柔媚的姿色相比，郭寰給人以另一種韻味。

一個生在吳儂軟語的水鄉，一個長在苦寒浩瀚的邊塞，兩種不同的風韻，此刻卻同時出現在一個人的身邊。兩個青年不由得心生羨慕，看著曹朋的目光，也有了幾分不同尋常之色。

這少年，真名士！

兩人心裡，頓時生出感慨。

「小寰，妳笑什麼？」

郭寰和陳群也熟了，所以笑嘻嘻道：「前日子山先生嗅屋中有異味，後來從後廚裡找到了一隻碩鼠。公子笑言從此家中無須養犬，只因子山先生長了一隻好鼻子。今日，又贈與陳先生。」

陳群聽聞，臉頓時垮了下來。步鷥這是說他長了一隻狗鼻子啊……

兩個青年也不禁啞然失笑。

人說曹友學狂傲目中無人，可觀此模樣，卻也是個有趣少年，何來狂傲之說？

「友學，今日有何收穫？」陳群連忙岔開了話題，以掩飾尷尬。

曹朋走到門廊下，把木桶放在地上。桶中一隻鰱魚正撲騰的厲害，水花四濺。

「你要做魚生？」

「欸，魚生已吃得厭了，今日且來一道一魚三吃。」

「哦？」陳群頓時來了精神，「這一魚三吃，又是怎生講究？」

「這個，待會兒你就知道了。」

這時候，步鸞從後廚跑來，和郭寰一人拎起一個木桶，往廚房走去。兩個少女一路嬉笑，相處的非常融洽。而步騭則褪下蓑衣，一屁股坐在門廊上，喝了一口酒，愜意長吁一聲。

「才飲長江水，又吃鰱魚頭，生於廣陵，何其幸哉？」

「咦，此何人所言？」

「呵呵，還能有誰，自然是友學方才在舟上所言。」

陳群三人聽聞，不由得撫掌叫好。

「對了，我來為你引介……這兩位，是我的好友。」陳群笑罷，拉著曹朋坐下。

他手指生就一美髯的青年，「此徐宣徐寶堅。說起來，你二人淵源頗深，他可是道地海西人。」

「啊，原來是徐先生。」

曹朋連忙搭手行禮，徐宣也不敢怠慢，連忙起身回禮。

「這位呢，就是陳矯陳季弼，東陽人……呵呵，他祖上，乃堂邑侯陳嬰。東陽陳氏，也是本地少有望族。」

陳嬰，楚漢之交時期的俊才。曾做過楚懷王熊心的上柱國，後來投奔劉邦，被封為堂邑侯。

東陽陳氏的歷史，甚至比廣陵陳氏還要久遠，而且二者間，還有很深的聯繫。廣陵陳氏說穿了，就是從東陽陳氏分出來的分支。不過由於廣陵陳氏人才輩出，漸漸的壓過東陽陳氏一頭。

這兩個人，如今是廣陵郡綱紀。

曹朋吃驚不小，忙躬身行禮。

就在這時，前院傳來了一陣喧譁聲：「公子，公子……我們來了。」

聽聲音，似乎是夏侯蘭。曹朋站起來，「是子幽、伯道他們來了……子山先生，你們暫且安坐。我去迎一下，順便教一教小鸞這一魚如何三吃。寶堅先生和季弼先生來的正好，今日江水流春去欲盡，正可一醉方休。」

章四
風雲再起

雨停了。三月的雨總是這樣，來的突然，去的也突然。

江面上的輕霧已經散去，但見天邊落日映紅了江水，江水與天空一色，野鴨列隊浮游在江上。

後廊圓桌上，杯盤狼籍。徐宣和陳矯已經倒在門廊上睡著了，而夏侯蘭幾人更是憨態可掬的趴在桌上，口涎流淌……

都醉了！

原本，夏侯蘭等人存著想要灌倒曹朋的心思，所以上來便推杯換盞。

而徐宣和陳矯則是看曹朋臉發紅，於是忙上前落井下石。其實大家並沒什麼惡意，只是單純的想要灌倒曹朋，出出醜而已。哪知道曹朋屬於那種喝一杯臉會紅，喝一百杯也一樣的主兒。梅子酒的度數不高，但是後勁極大，幾罈子老酒入腹，夏侯蘭幾個人也紛紛倒下。

曹朋醺醺然，靠在廊柱之上，看著眼前美景，忍不住讚了一句：「落霞與孤鶩齊飛，秋水共長天一色……」

「如今明明是春天，何來秋水之說？」

陳群沒有喝多，因為從頭到尾他都沒有參與其中。三套鴨吃得他心花怒放，拆燴鰱魚頭更令他口齒留香。鮮嫩的魚生陪著佐料下酒，魚骨熬製魚湯，配上一塊鮮嫩的豆腐，更是滋味濃濃。如此美味當前，他哪裡有那精神和人拚酒？

不過，即便陳群沒有喝酒，亦不免醺醺然。

梅酒已經冷卻，但喝起來似乎更爽快。

他坐在廊上，笑呵呵的糾正道：「若是春水共長天一色，更妥當一些。」

「落霞與孤鶩齊飛，春水共長天一色？」曹朋暗自嘀咕了一聲，感覺著似乎有一些彆扭。「春水，不好吧。」

「有何不好？」

「這春水和前面的景色，似乎略顯不符。」

「此話怎講？」

「落霞，孤鶩，有寂寥之意。夕陽無限美，只是近黃昏。可如果配上春水，不免前後不符。」

落霞與孤鶩齊飛，秋水共長天一色，本出自《滕王閣序》。

曹朋是記不得《滕王閣序》的內容了，除了這一句之外，只隱約記得王勃做《滕王閣序》應是在秋天。正因為如此，使得原句極為妥貼動人，而現在如果改成了春水，只怕會令這後世名句減色許多。

本是隨口吟誦，哪知道會使得陳群計較起來。曹朋也無可奈何，只好想盡辦法來抱住『秋水』之名。可問題是，如今是暮春，用『秋水』二字，總是和當前時令有一些不太契合。

「不若，江水共長天一色？」

「還是秋水好。」

「可秋水與當前，不太合適。」

「反正我就是認為秋水好，就是秋水與長天一色。」

曹朋實在是不忍心再去篡改名篇。把《陋室銘》裡的『南陽諸葛廬，西蜀子雲亭』改成了『陽城元禮居，平輿仲舉亭』，已經覺得有些過分了。畢竟這個時候，諸葛亮還沒有出山……所以，改一下，也情非得已。但如果再把『秋水共長天一色』改換了，他實在不能接受。

討論，十個曹朋也非陳群對手。但他可以無賴……

果然，他這麼一耍無賴，陳群也就懶得再去計較。

秋水就秋水吧，反正是曹朋自己所做，與他也沒什麼關聯。只是不清楚，在數百年後，還會不會有一個叫做王勃的人，在那千古名篇《滕王閣序》中用這一句話呢？曹朋不免忐忑。

天漸漸暗了下來。

王買和郝昭最先醒酒，喝了一碗早就備好的江鮮米粥之後，便匆匆趕回軍營。他二人身為營中主將，自然不可久離軍營。臨走的時候，他們把夏侯蘭叫醒，讓夏侯蘭洗漱了一下之後，這才離去。

夏侯蘭清醒了一會兒，喝了一碗粥，也告辭離去。臨走時，他幫著曹朋把徐宣、陳矯和步騭三人扛進了廂房，安置妥當。

步鸞和郭寰還在收拾那滿桌的狼籍。

江面上起了風，從茅屋的窗口拂過，捲起輕紗飄飛。

陳群和曹朋則坐在書房裡，看著夜色中的江水，聊起了閒話。

「看起來，曹公已下定決心，奪回徐州了。」

「啊？」陳群沒頭沒腦的一句話，讓曹朋一怔。

「曹公突然攻打穰縣，恐怕是下定決心，之後就要奪取徐州。」

「何以見得？」

「曹公對徐州，早已虎視眈眈，只是先前由於種種原因，所以未能得手。而今，袁術經去年一戰，退守於淮南，已無威脅。曹公如今奉天子以令諸侯，坐擁四州之地，遙控關中，其勢越發強盛，與袁紹難有回旋……此前曹公接連退讓，就是因為袁術尚有威脅的緣故。現在袁術一敗，荊襄和徐州已成他心腹大患。此次攻伐穰縣，其目的就是為了解決後顧之憂，而後能全力與呂布決一雌雄吧。」

曹朋不禁默然！

他身為穿越眾，當然知道曹操會攻伐呂布。而呂布之前的行為，更給了曹操足夠的藉口……只是他沒有想到，陳群居然能看出這其中的端倪。真不愧是三國時期的牛人，這份大局觀，恐怕才是真正的大局觀。曹朋不知道該如何來應對，於是只笑了笑，卻沒有接陳群的話。

陳群也笑了，「以前，我常聽人說，曹公思謀深邃。但說句實在話，我並不是特別相信。所以，曹公進駐豫州的時候，我與家父逃至徐州避難，而今想來，卻大可不必。曹公迎奉天子，得正統之名，早晚必成大事。袁紹，恐非曹公之對手。」

「是嗎？」

「友學，以你所見，這天下當得『英雄』之名者，有幾人？」

「這個嘛，曹公當算其一。」

曹朋突然生出一種很古怪的感覺，眼前的陳群彷彿成了曹操，而自己，則變成了劉備……

青梅煮酒論英雄！

這一幕，莫非要落在他和陳群身上？

陳群一笑，「這是自然……我觀能定北方者，非曹公莫屬。袁紹雖雄踞河北，恐非曹公對手。」

「為什麼？」

「只因袁紹此人，多謀少斷，非人主之相。」

曹朋心裡一動，「兄長剛才說，曹公能定北方，莫不成以為，曹公定不得南方？」

陳群猶豫了一下之後，輕輕點頭，「江表之地，豪傑輩出，多剛烈勇猛之人。他們的地域觀念，甚至勝於中原。且士族豪強之間，休戚相關。想要平定江表，非一件易事。單只是江表河道縱橫，必須要有強橫水軍，而這一點，恰恰又是曹公目前最為欠缺者。總之，曹公或可平定北方，但想要征伐江南，恐非一日之功。」

也就是說，陳群認為，將來很有可能出現南北對峙的局面。

事實也正是如此，只不過不是南北對峙，而是三足鼎立……

水軍，的確是曹操的一個弱點。但想要建立一支強大的水軍，和南方豪強相抗衡，的確不是一件容易的事情。至少以目前來說，曹操不可能意識到，也沒有精力來組建水軍。乃至後來對荊州用兵，其最大的可能就是想要以荊州為根基，建成水軍……只可惜，周瑜一把大火，燒毀了曹操的統一之夢。

曹朋小心翼翼問道：「那以兄長之見，何人可占居北方？」

陳群一怔，搔了搔頭，「江東孫氏，荊州劉表，皆有可能。只是誰能勝出，非我可以判定。」

咦？為什麼沒有提及劉備！

曹朋轉念便反應過來，此時的劉備，徒有鎮東將軍、豫州刺史之名，但實際上惶惶如喪家之犬，而無一容身之地，只能寄人籬下。即便是陳群曾為劉備效力，恐怕也不看好劉皇叔。

想到這裡，曹朋也就釋然了。

他還想再和陳群交談，可陳群卻突然間雙目茫然，似乎失去了談興。

於是，曹朋也沒有和陳群再談下去，而是安排了一間廂房，供陳群休息。陳群也喝了不少酒，此前一直處於亢奮狀態，故而滔滔不絕，可現在，那興奮勁兒過去，倦意頓時湧上來。

倒在榻上，陳群很快便睡著了……

夜深了，郭寰和步鸞收拾完了房間之後，也分別歇息。

曹朋卻睡不著，在後院打了一趟架子拳之後，沿著鵝卵石鋪成的小徑，不知不覺走到了江邊，站在碼頭上，任由江風拂面。

遠眺，可看到岸邊軍營中的燈火閃閃，隱隱約約，傳來刁鬥聲聲。那是郝昭的軍營所在。

郝昭治兵嚴謹，據說是從高順與張遼，頗有法度。

曹朋沒有去插手軍中事務，正所謂尺有所長，寸有所短。他很清楚自己的水平……練兵，非他所長。再者說了，有郝昭在，足矣！

曹朋在碼頭上坐下，赤足放進了冰涼的江水之中。

他怔怔看著江面上星星點點的漁火，腦海中卻迴響陳群的那一番話。

打完了張繡，曹操就會收拾呂布，一旦到那個時候，自己又該如何是好？白門樓的故事，令他記憶深刻。曹朋很清楚，呂布並非是一個能逐鹿天下的人，可就這樣看著一代豪傑最終窩囊的死去，實非曹朋所願。

大丈夫，即便是死，也應該死得轟轟烈烈，而非被人所害。

呂布，被誰所害？

曹朋仰面躺在碼頭上，看著黑漆漆的蒼穹。

貂蟬，與他有救命之恩，不能不報。

可問題是，他該怎樣，才能救得下呂布性命？怎樣才能償還貂蟬的恩情呢？

曹朋的思緒，一下子變得混亂起來……

戌時，又下起了細雨。

曹朋躺在碼頭上，迷迷糊糊的睡著了。被雨絲澆醒之後，他連忙坐起來。江面黑漆漆的，那些漁舟已經熄滅了燈火。

曹朋站起身，打了個噴嚏，在雨中站立片刻後，轉身準備回去。哪知剛走下碼頭，就見小徑盡頭燈火跳動。

「誰！」

「啊，公子，是我。」步鸞順著小徑一路跑過來，手裡還提著一頂燈籠。

「小鸞，妳不是睡了嗎？」

「公子，廣陵來人，說是有急事求見。」

廣陵來人？曹朋一怔，這才想起來，自己駐防東陵亭，可實際上還是在廣陵郡治下。只不過，陳登這麼晚了還派人過來，難道出了什麼事情嗎？

他連忙隨著步鸞，急匆匆來到正廳。

「卑職霍默，見過曹公子。」

站在曹朋面前的，是一個相貌頗俊秀的少年，看年紀大約是十八、九歲的樣子，一襲灰色粗布單袍，外罩一件紅漆劄甲。

曹朋一進門，少年便快步迎上前來，插手行禮。

「你，從廣陵來？」

「正是。」

「陳太守派你過來的？」

「喏！」

曹朋揉了揉鼻子，沉聲問道：「陳太守派你過來，有何吩咐？」

「陳太守命卑職傳令，請曹公子明日辰時之前，務必趕到廣陵縣。」

「啊？」曹朋一怔，有些茫然道：「陳太守可說明，是什麼事情？」

「這個……太守倒是沒有告知卑職，只說命曹公子趕赴廣陵……對了，公子可以帶上隨從，不過最好不要太多人，三五人便可。太守還說，若逾時不至，以軍法論處，請公子謹記。」

只這一句話，便足以說明了狀況。

曹朋點頭，「請回稟太守，就說曹朋必按時抵達。」

「那卑職就先告辭了！」

霍默轉身，匆匆離去，只留下曹朋站在正廳裡，一頭霧水。

這突如其來的命令，讓他有些不知所以然。來廣陵縣兩個多月了，陳登從沒有召見過他。而今突然召見，還搬出了軍法，莫非出事了？

正茫然間，曹朋就看見郭寰和步鸞行色匆匆。

「小鸞、小寰，妳們幹什麼？」

兩個少女顯然是剛睡醒，甚至還沒有來得及梳洗打扮。步鸞跑進了廚房，而郭寰則衝進曹朋的臥室。

「公子，收拾行李啊！」

郭寰脆生生回答，曹朋這才如夢方醒。

「小鸞，去把子山先生喚醒，讓他騎我的馬，立刻通知夏侯、王買和郝昭三人前來議事。」

「哦，我知道了！」步鸞答應了一聲，手在圍裙上蹭了兩下，便跑去叫醒步騭。

曹朋則在正廳裡徘徊踱步，雙手背在身後，思忖不語……

「賢弟，你這邊丁鈴噹啷的，發生了什麼事？」

陳群睡眼朦朧的從臥房裡出來，很顯然，剛才的動靜把他驚醒了。看著步騭那邊匆匆上馬，步鸞跑進廚房忙活，陳群不免感到有些奇怪，於是走進了正廳，開口向曹朋詢問。

曹朋問道：「太守府中，可有一個叫做霍默的人嗎？」

「哦……是有這麼一個人！怎麼了？」

「他剛才奉陳太守之命，讓我明日辰時之前抵達廣陵縣，還說讓我帶三五個隨從，扈從不要太多。我就在奇怪，陳太守突然召見我，還弄出這麼一個奇怪的命令，究竟是何用意？」

陳群也愣住了！

章五

雙刀河　一

天亮了！卻又下起了雨……

曹朋和陳群行色匆匆，終於在辰時之前抵達廣陵縣。其實，東陵亭距離廣陵縣並不遠，只是由於這連番的雨水使得道路泥濘崎嶇，格外難行。

一夜未睡，曹朋不免露出疲乏之色。不過他卻不敢耽擱半分，到了廣陵之後便直奔陳府。

陳群看上去也很累，但還是跟著曹朋一起過去；徐宣和陳矯沒有過來，只因為昨天酒醉，一時還醒不過來。在陳府門前，曹朋甩蹬下了馬，而陳群也從馬上下來，和曹朋登上門階。

得到了陳登的徵召後，曹朋連夜安排妥當。

他命王買接手東陵亭兵事，步騭和郝昭為王買的副手，夏侯蘭隨行。

這樣安排自然有曹朋的道理。其實按道理說，夏侯蘭年紀最長，而且閱歷豐富，武藝也最強，由他留守東陵亭，才是最合適的人選。可曹朋並沒有這樣安排。一來，他最信任王買；二來，他不知道陳登找他究竟是什麼事情，如果一時半會兒回不來，由王買出鎮東陵亭，可以得到更多的磨練。步騭和郝昭都是能力出眾之人，所以也不用擔心王買犯下錯誤。

倒也不是說曹朋不信任夏侯蘭，而是和王買比起來，他更信任王買。

但如此一來，夏侯蘭恐怕就會有些想法。而曹朋把他帶在身邊，也是一種安撫的手段：你看，我連我兄弟都不帶，卻帶著你，我很看重你！

況且，夏侯蘭的武藝對曹朋而言，也是一個保障。

來到陳府門外，曹朋讓夏侯蘭在府門外等候，自己則跟隨著陳群逕自走進陳府。

陳群也是陳府的住客，門丁下人們對他都很熟悉，故而一路走過來，並沒有人出來阻攔。

兩人直奔正廳而去，遠遠的就聽到廳中傳來人聲。

陳群在先，邁步走進大廳。曹朋隨後，還沒進廳門，就看到陳登正陪著一個四旬上下的男子說話。兩人同榻而坐，看上去很親熱。

只看這種狀況，就知道這中年人的來頭不小。身為世家子弟的陳登，一般而言自恃很高，同榻而坐，那就是一種極為親密而平等的關係。若非身世出眾或者持平，一般很難出現這種現象。

到兩晉南北朝時期，世家子弟與寒門庶子的對立越發明顯。哪怕你是達官貴人，哪怕位列三公，如果不是同等的出身，想要同榻而坐、同席而談，都不太可能。

已記不清是什麼人，只記得兩晉時期曾有一位官員拜訪一位名士，兩人一開始是同席而坐，親切交談，可是等那官員離開後，名士就命下人將蒲席燒掉，原因就是官員的出身太差。

曹朋心裡面不由得泛起了猜想：這中年人是誰？

可沒等他走進大廳，就聽到陳群驚喜叫道：「可是荀休若嗎？」

陳群這一進來，陳登和中年人就站起身。

「長文，穎川一別經年，別來無恙。」中年人一臉笑容，看著陳群，點頭致意。

陳群則緊走兩步，上前雙手抱拳，高舉過頭頂，而後深深一揖，「陳群，拜見兄長……」

「哈哈哈，賢弟何來如此大禮？」中年人上前一步，一把扶住了陳群，臉上笑意更濃。

「兄長何時來的廣陵？」

陳登笑道：「你昨日剛離開，休若就到了。」

「啊……不知兄長前來，未能為兄長洗塵，還望兄長見諒。」

中年人呵呵一笑，拉著陳群的手臂，極為親切的交談。

曹朋站在大廳門口，不免有些尷尬，他進也不是，不進也不是，更不好開口出聲，打攪三人的寒喧。

好在陳群還記得曹朋，寒喧兩句之後，對陳登道：「元龍，你急匆匆把友學找來，究竟是什麼事？」

陳登也看到了曹朋，不過並沒有開口招呼。

曹朋聽到陳群的這番話，連忙躬身道：「東陵亭循行曹朋，奉命前來，拜見太守大人。」

這是個規矩！

陳登是上官，還是主人，不可能先開口，必須是由下官先行開口之後，陳登才可以回應。

「友學，進來吧。」陳登招手示意曹朋進來，而後對陳群說：「非是我找友學，而是休若點名，要見友學。」

「啊？」曹朋和陳群都不禁一怔。

陳群疑惑問道：「兄長，你見友學什麼事？」

中年人則收起笑容，鄭重的打量一番曹朋之後，眉頭微微一蹙，沉聲道：「你就是曹朋？」

「正是。」曹朋有些疑惑。他不認識眼前這中年人，也不清楚這中年人找他究竟是什麼事。

好在陳群機靈，看出了曹朋的迷茫，接口介紹道：「友學，你且先來見過三兄。」

三兄？誰的三兄？曹朋更糊塗了！不過既然陳群這麼說，他還是要上前見禮，學著陳群的模樣，搭手行禮，「曹朋拜見三兄。」

「噗！」陳群不禁笑了。

中年人也忍不住樂了。

「友學啊，三兄是我的稱呼，你怎麼……不過，你喚休若三兄，倒也不算失禮。文若和叔孫也算交情深厚，你喚這一聲三兄也能說得過去。來來來，我為你引介，此荀文若三兄，荀衍。」

曹朋聽聞，頓時愣住了！

東漢末年時，荀氏一門，能人輩出。從荀淑開始，得『神君』之名，被讚為穎川四長之一。荀淑有八子，號荀氏八龍，皆有才名。八龍之下，又有荀彧、荀衍、荀諶三兄弟，以及荀悅荀仲豫。荀彧之下，更有荀攸荀公達這樣的人物。可以說，荀氏四代無庸才。

荀衍，在《三國演義》中沒有登場，所以曹朋印象不深。但重生於東漢末年已有一年多，而且在許都待了半年，所結交的人也大都非比尋常人，曹朋倒是聽說過荀衍的名字，言他能言善辯，機謀百出。

而荀彧的二兄荀諶，如今在袁紹帳下效力，也是個了不得的人。

至於荀彧的大兄，其實並非荀彧親兄，說的是荀彧的堂兄，也就是荀悅荀仲豫。此人性清雅，品格高尚，才學過人。靈帝年間，因宦官擅權，所以隱居不仕。建安元年，曹操迎奉天子以後，徵召荀悅為黃門侍郎，遷秘書監，侍中。其官位，絲毫不輸於荀彧。

不過，曹朋是真不認識荀衍，也不清楚這荀衍找他，究竟有什麼事情。

看曹朋那一副迷糊的模樣，荀衍樂了。

「曹朋，我給你出一副駢體文。上聯是風聲雨聲讀書聲，聲聲入耳。」

曹朋一怔，本能的回道：「那我對下聯，家事國事天下事，事事關心……咦，你怎麼知道這個？」

這副楹聯，是曹朋客居典家塢時，在自己書房門口所書。由於楹聯此時還沒有出現，更多是以駢體文的形式出現在文章之中，他也是自娛自樂，當然也不排除想要裝逼的心理。可是乍聽荀衍說出這副楹聯的時候，他還是感到震驚，甚至本能的以為：荀衍也是穿越來的？

荀衍看著曹朋那大驚失色的模樣，忍不住大笑起來。

「兄長，你剛才所言……」

「哦，此穎川自去年以來，頗有趣味的遊戲。一開始，是從文若那邊傳出，穎川書院爭相仿效……後來才知道，這遊戲居然是出自一個十四歲少年。文若也只是偶然間在別人住所看到。」

這正廳裡的人，除了曹朋之外，哪個不是飽讀詩書、才華橫溢之人？

陳群和陳登一下子便聽出這遊戲中的奧妙。

「三兄，你莫不是說，此遊戲出自友學之手？」

「呵呵，正是。」

陳群驀地轉過身，惡狠狠的瞪著曹朋：「友學，有此妙趣，何不早言！」

「呃……我忘記了！」曹朋心道：我哪知道你們喜歡對對子？

而陳登則蹙眉，看曹朋的目光，似乎又有些不同。

昨日，他聽了一篇《陋室銘》，今日，又知駢體文居然可以如此使用。對曹朋的看法，也隨之改變許多，甚至覺得，此前兩個月把曹朋趕去東陵亭，是不是錯了？早知此子有此才華，留在身邊也好啊。可恨小子，此前和他幾次交談，好像並未發現他還有如此才華……

一時間，陳登不免生出了一絲患得患失的情緒。

荀衍示意曹朋在一旁坐下，而後沉聲道：「我此次奉天子詔命，隨典軍校尉王朗，出使江東。臨行之前，文若向我推薦了你；而後公達也說，若有可能，讓我帶你一同前往江東……甚至郭嘉也向我推薦你，讓我不免覺得奇怪。你內兄與奉孝學出同門，我倒是聽人說過；文若和令兄也有交情，倒也不算奇怪。只是我一直有些想不明白，文若、公達還有奉孝，為何都如此看重於你呢？」

他眸光如劍，直視曹朋。而曹朋卻感到糊塗……

荀衍的意思，他大致上已經明白：荀衍要出使江東，荀彧他們便向荀衍推薦了他。慢著，荀衍剛才說，他是隨典軍校尉王朗出使江東？也就是說，荀衍並非主導，而是一個副手……

可是，你們出使江東，與我又有何干？

曹朋一頭霧水，有點想不明白荀衍的意圖。

對於荀衍這個問題，他更是不明所以然，不知道該如何回答。

事實上，曹朋和荀彧、郭嘉乃至荀攸，並沒有接觸過。他見過荀彧，卻沒有和荀彧說過話；和郭嘉照過面，雖有交談，也只是寥寥數語，而且當時的話題還牽扯到郭嘉的健康狀況，郭嘉似乎並不是很高興……至於荀攸，曹朋更是沒有見過，更不要說有什麼特殊交情。

這三個人突然聯合推薦自己，究竟是什麼用意？

曹朋心裡疑惑不解，茫然的搖了搖頭。

荀衍凝視曹朋半晌後，突然一擺手，「你此次趕來，可帶有隨從？」

「哦，只一員家將，如今在門外等候。」

「這樣吧，你和你的家將今晚就宿於陳府，明日一早隨我與大隊人馬會合，隨行出使江東。」

「喏！」曹朋起身插手應命。

這種事情，他也做不得主。雖說他現在是受陳登征辟，屬於陳登所屬，但是看陳登也沒有反對的表示，說明他已經同意。

「對了，還有一件事。」曹朋正準備出去，又被荀衍喚住。「聽說，你身手不弱？」

不等曹朋回答，陳群已搶先開口道：「這個的確不假。友學刀馬純熟，曾在下邳城獨鬥呂布八健將之一的宋憲，並險些取宋憲性命。他的身手非常出眾，而且他的家將也非等閒。」
荀衍點點頭，衝著正廳外的人喝道：「來人，將那匣子取來。」
而後他對曹朋道：「我此次過來的時候，令尊託子丹讓我轉交你一樣東西。」
「我爹嗎？」曹朋疑惑不解，不知道曹汲讓荀衍帶來什麼物品。
這時候，從正廳外走進一個家將，懷中捧著一個長條黑漆木匣，來到曹朋跟前。
從家將手中接過木匣，入手沉甸甸，估摸著有五、六十斤重，曹朋眉頭一蹙，向荀衍看去。
而荀衍則露出驚奇之色，「你可以打開來看看。」
曹朋點點頭，把長匣至於地面，按住簧扣，只聽喀吧一聲輕響，匣蓋子立刻彈起。長匣約九尺五寸，近丈長度。紅綢緞子做底，上面扣著一對大刀。這對大刀，長約有八尺五寸左右，刀柄去環。黑漆桃木製成的刀柄，鎖死刀莖，刀鍔口處裝有一個嬰兒拳頭大小的黑漆木瓜護手。
這對大刀，長短寬窄略有不同。一支刀身長六尺，另一支不過五尺五寸，而且一寬一窄，寬的大約有一巴掌大小，窄的僅有三指左右。
刀脊上鏤刻有刀銘：戊寅正月汲造吾兒及冠。
意思是說，這兩口刀是曹汲為曹朋祝賀及冠而造，於年初正月完成。
戊寅年，亦即建安三年。

雙刀河一

去年鄧稷曾和曹朋提起過，準備在今年，也就是建安三年為他行成人禮。想必這件事也通知了曹汲，故而曹汲特意打造出這一對長刀，作為曹朋的成人禮物。

曹朋探手，抄起雙刀，卻發現刀脊的另一面還有一行刀銘：戊寅正月汲造河一。

河一，就是河一工坊，同時也是這雙刀的名字。曹朋掂量了一下，長寬大刀，約二十八斤重，短窄大刀，約二十斤左右，合計四十八斤。如果是在去年曹朋離開許都的時候，肯定無法使動這對河一大刀，不過在經過一連串的歷練，特別是和呂布一戰，曹朋已再獲突破。

這一對大刀的分量，剛好稱手。

他站在大廳中，輕輕舞動雙刀，但見刀光閃閃，刀雲翩翩。

荀衍等人雖隔著一段距離，猶自可以感受到那對大刀上傳來的森森寒意，不由得同時叫好。

而曹朋則暗自感慨：老爹的造刀技藝，似乎比先前又進步了許多！

章六 隨行江東

「休若，曹公此次出使江東，莫非別有用意？」

天已晚，幾乎是兩天一夜沒有合眼的陳群，卻毫無困乏之意。晚飯後，他叩響荀衍的房門。

荀衍問道：「長文何出此言？」

陳群猶豫了一下，輕聲道：「三兄若不好說，就罷了！只是我不明白，你出使江東，為何要帶上友學？」

「這個……」荀衍修長的手指輕叩兩下案面。

他站起來，走到門口，向兩邊看了一眼，然後合上房門。

「若是別人問，我斷不會解說。不過你我兩家世交，我也不想瞞你。我此次出使江東，的確另有重任。本來我並不想帶什麼人，可文若說我此行責任重大，身邊必須要有一二得力之人。年長而名重者，容易被人看破；可年少而無名者，能堪大用者又不多。我當時也就是隨口道：身邊還少了個書僮。文若便向我推薦了曹友學，說此子聰靈，有急智，身手不凡，且有學識，可以隨行輔佐。後來奉孝也這麼對我說，包括公達……」

「你也知公達為人，性謹少言，很少誇讚他人，可他對曹友學似乎也頗為稱讚，確屬難得。加之我也確實需要這麼一個人隨行，所以才同意下來。對了，看樣子你和曹朋關係不差，你對他又有何觀感？」

陳群的祖父陳寔，和荀衍的祖父荀淑，同為穎川四長，來往自然緊密。

荀衍雖然沒有回答他此去江東究竟有什麼目的，但也算給予了陳群正面的回答。陳群自然不可能再去追問，因為再問下去，就有可能要出事。荀衍念及兩家交情，透露了這麼一個訊息，對陳群而言，已經足夠。至於荀衍去江東到底是做什麼事，已非陳群能夠知道……

聽荀衍詢問，陳群猶豫了一下，輕聲回道：「友學此人，我看不透。」

「呃……」荀衍聽陳群這麼說，可就有些色變了。他可是知道陳群有識人之明，看人的眼力從來都不差，好壞優劣，大致上能看出端倪。

一般而言，當某人說出『看不透』這樣的言語，其實也就是表明，他所說的人有真才實學。

正因為有真才實學，才會說看不透。這個評價，不可謂不高。

荀衍搔搔頭，起身在屋中徘徊，「若如此，他又豈能甘為我書佐？」

是啊，有真才實學的人，大都有傲骨，不會屈從人下，更不要說做別人的書僮。哪怕只是做戲，也不太可能。

陳群道：「友學有節氣，性高潔、剛直。但他倒不是那種恃才傲物之人，識得輕重，辨得是非。依我看，他也不一定會在意這種事情。只要兄長把話與他說明，他應該不會拒絕。要不然，我過去和他談談，再回稟於兄長。」

「這個……也好。」荀衍想了想，點頭答應。

陳群便告辭離去，徑直去到曹朋的住所。

曹朋也住在陳府中，不過是一個偏房，而且和夏侯蘭共居一室。

此時曹朋正在燈下賞刀。昏黃的燈光下，那兩口大刀泛出了一抹冷幽的光暈。夏侯蘭頗為羨慕的坐在一旁觀賞，口中連連咋舌。

「友學，你這兩口刀，若到市面上，只怕要萬金之巨吧。」

河一斬，才都山鐵打造，刀身雲紋細膩，極為優美。刀莖和刀身的鍔口處，桃木木瓜雕琢龍吞口，使得刀身更顯幾分霸氣……看得出，曹汲為打造這兩口大刀，應該是費盡了心思。

他盡可能的考校了曹朋的情況，每一個細節都極為注重，以至於曹朋握住大刀時，竟生出一種血脈相連的感受……刀口上的血槽，泛著暗紅色的血光，這是曹汲造刀的最顯著特徵。每一口刀造出，必含血氣，令寶刀更具靈性。

夏侯蘭不禁嘆了口氣。他開始有點嫉妒曹朋，有一個這麼會造刀的老爹，其實也是一種難得的幸福。

曹朋忍不住笑了！

他從榻上拿起鹿皮袋，把雙刀收進袋中，而後往身邊一放，頭枕大刀，笑呵呵的與夏侯蘭聊起了家常。和夏侯蘭認識了快一年多，但兩人還真沒有什麼機會一起說說心裡話。

「子幽，你當年學槍的時候，一定吃了很多苦吧。」

「吃苦倒也說不上，但一直不被老師看好。」

子幽，是夏侯蘭的表字。

他回到自己榻上，神情頗有些複雜。

「你那支銀槍，莫非是你老師所贈？我看你槍不離手，莫非是有什麼特殊的意義嗎？」

夏侯蘭搖了搖頭，又點了點頭。「我這支槍，是仿老師那支龍膽銀槍所造。」

「龍膽銀槍？」曹朋覺得這名字，似乎有些耳熟。

「是啊，老師早年間曾得越人名匠，采赤朱山精鐵所造，槍長一丈二，附龍鱗紋，重四十八斤。因槍刃似龍膽，故名龍膽槍，是老師心愛之物。只可惜，我未得老師真傳，所以……後來老師將龍膽槍傳給了和我一同拜師學藝的兄弟。我兄弟見我喜歡，後來在常山郡為吏的時候，便出重金，耗費一年之久，模仿老師的龍膽槍，為我打造了這支槍，名為龍鱗。」

「哦！」

常山，龍膽槍，童淵……當這三個名詞聯繫在一起的時候，一個人名悄然浮現……

不會這麼巧吧！

曹朋呼的一下子坐起來，盯著夏侯蘭問道：「子幽，你那兄弟，叫什麼名字？」

夏侯蘭詫異的看了曹朋一眼，「我兄弟叫趙雲，字子龍……怎麼了？」

「你兄弟叫趙雲？」曹朋驚聲問道。

夏侯蘭著實被曹朋的表情嚇了一跳，於是連忙坐起身來。「是啊，你認識他？」

「常山真定人氏，趙雲趙子龍？」

「嗯！」

「哈哈哈……我不認識。」曹朋說罷，又躺了下來。

氣得夏侯蘭咬牙切齒。你不認識又何必弄出一副咬人的架式？害得我還以為你和子龍有仇！

殊不知，曹朋心裡此刻，卻樂開了花。

人道是：踏破鐵鞋無覓處，得來全不費工夫！

若說《三國演義》中，蜀漢陣營裡最為人耳熟能詳，最為一眾蘿莉御姐、熟女人妻所愛者，怕就是這趙雲趙子龍了。一身是膽趙子龍……長阪坡七進七出，視百萬大軍若無物。在後世，趙雲已經成為了忠義和勇猛的代名詞。提起趙雲這個名字，可謂是無人不知，無人不曉。

一呂二趙三典韋！按照《演義》裡的排名，呂布死後，趙雲堪稱第一。

曹朋之前還在想，怎樣才能招攬牛人？

原來，牛人就在身邊啊！

「子幽，你兄弟很厲害？」

「嗯，比我厲害。」

廢話，我當然知道比你厲害。

曹朋笑問道：「那他現在……」

「還在公孫瓚帳下。」

「呃……」

夏侯蘭好像明白了曹朋的意思，突然間笑了起來。

「你笑什麼？」

「公子，你莫不是想要招攬我兄弟吧？」

「呃……怎麼，不可以嗎？再說了，你們兩個關係那麼好，能在一起的話，豈不是一樁美事？」

「難，難，難。」夏侯蘭哈哈大笑，便躺了下來。

「怎麼難？」

「我那兄弟，素有大志。公子，我承認你有大才，可是你憑什麼招攬我兄弟？當初若不是和你打賭，我也未必跟你……至於我兄弟，你就更不用去想。而且，子龍是個死心眼。當初我還是白馬義從的時候，他就私下裡對我說過，若非隨了公孫瓚，他倒是願意跟隨玄德公。」

「哦，玄德公你知道吧？就是劉豫州。想當初他曾和田楷一同隨玄德公征戰，所以早已心折。可即便如此，他還是留在公孫瓚帳下，所為何也？他是個死心眼，當初我讓他和我一起走，他都不肯答應。就算是公孫瓚死了，他也不會跟你……」

趙雲，已經和劉備勾搭上了？

《演義》裡倒是說過這麼一回事，但由於重生之後，曹朋發現很多事情和歷史並不符合，心裡還是存了幾分僥倖。

沒想到……如果趙雲已經和劉備勾搭上了，那再想要勾搭趙雲，可就沒那麼容易。

曹朋想到這裡，搔了搔頭。「我想想也不可以嗎？」

「呵呵呵，當然可以，當然可以……」夏侯蘭一邊笑，一邊翻了個身。

不過看他顫動的身子，就知道這傢伙此刻心中一定笑翻了。

劉玄德有什麼好！曹朋不由得腹誹：到現在連個容身之所都沒有，而且在很長一段時間裡，他也只能寄人籬下。

不過想想，自己又何嘗不是寄人籬下？

這年頭想要招攬人才，實力和能力固然是一方面，而名聲更是重要。劉玄德混得再差，手底下好歹還有個關羽、張飛，而自己呢？曹朋這心裡開始有些不舒服了。

篤篤篤！房門輕響。

曹朋沒好氣的問道：「誰？」

「友學，可曾歇息？」

聽聲音，好像是陳群……曹朋翻身坐起來，披衣走到門口，把房門拉開。

陳群站在門口，看曹朋臉色不太好看，不禁奇道：「友學，可是不舒服？臉色為何如此難看？」

「沒事兒，只是想到了一些事情，所以不太高興。」曹朋說著，用力甩了甩頭，長長出了一口氣，

「兄長這麼晚找我，莫非有事？」

「呃……若你方便，我們院中一談。」

「好吧。」曹朋點點頭，邁步走出偏房，隨手拉上了房門。

隨著門葉撞擊，嘎啦一聲輕響過後，夏侯蘭翻身坐起。他坐在榻上，撓了撓頭，看著曹朋那張睡榻，臉上浮現出一抹古怪之色。

自己剛才那些話，是不是說的有些過分了？

他心裡突然間生出這樣的一個念頭。

曹朋年紀雖小，但也確實有真才實學……而且曹朋待夏侯蘭，從未把他當成自己的奴僕家將，更多時候是把他視為左膀右臂。在軍中，夏侯蘭雖然做到了屯將，可是卻深受壓制；宛之戰時，他一個人流落到宛城，且無一人跟隨，便足以說明問題。

而在曹朋身邊，雖然掛著一個家將的名頭，可是夏侯蘭能感覺到，比在軍中時要快活許多。跟隨曹朋一路走來，夏侯蘭也的確是見識到了曹朋的努力。無論是幫助家人，還是照拂兄弟，曹朋對自己人，那絕對是沒話說，甚至幫助他突破了多年未曾突破的瓶頸。

側耳聆聽，陳群和曹朋在院中交談的聲音很輕，也聽不清楚在說什麼。

夏侯蘭輕輕拍了拍自己的額頭：「夏侯啊夏侯，你這是怎麼了？公子待你不薄，你怎能那樣說話？」心裡面，隱隱有些悔意。

就在這時候，門外腳步聲響起。夏侯蘭連忙翻身倒在榻上，閉上眼睛裝睡。

曹朋推開門，走進房間。看夏侯蘭已經睡下了，於是上前為他蓋好了毯子，轉身吹滅蠟燭，也躺在榻上。

別小看這簡簡單單的一個動作，卻使得夏侯蘭心裡感到很溫暖……

「公子！」

「嗯？子幽你還沒有睡嗎？」

「要不然，我幫你寫封信問問看？」

「什麼？」

「聯繫一下子龍，看他願不願意為你效力。」

黑暗中，一片寂靜。

許久之後，就聽曹朋幽幽道：「子幽，你說得沒錯，子龍即便過來，我恐怕也難以給他施展才華之所。得之，我幸；失之，我命！凡事不要強求，隨緣的好……若子龍他日能有大成就，豈不是耽擱了他的前程？你我還是不要太自私的好。算了，不說這些，天一亮咱們就要出發，睡吧。」

得之，我幸；失之，我命！

夏侯蘭沒有再開口，可這心裡卻掀起驚濤駭浪。這世上主公，能有幾人願真心為部曲考慮？曹朋年紀雖小，可這份氣度和胸懷，卻羞煞天下人。

不行，不管成與不成，我都要試一試。

夏侯蘭拿定了主意，這心裡面頓時安寧許多。他閉上眼睛，漸漸進入夢鄉……在夢裡，夏侯蘭彷彿回到雲霧山上，回到了那段快樂和痛苦交織在一起的時光。

其實，如果子龍願意過來，也是一個不錯的選擇！

天亮了，曹朋內罩一件皮甲，外面套上一身灰色襜褕，頭戴綸巾，一副小書僮模樣的裝束。而夏侯蘭則換成車夫打扮，把丈二龍鱗用黑布槍套套住，放在車馬上。

他和曹朋趕著一輛馬車，在陳府門外等候。照夜白則被曹朋託付於陳群，請他送回東陵亭。

曹朋現在是一個書僮，騎著一匹價值千金的照夜白，那不是找事兒嗎？

荀衍對曹朋的這個決定非常滿意。說實話，他也沒有考慮這麼多，若非曹朋提起，他怕都忽視了。文若言曹友學心細如髮，果然不是妄言。也許這一次讓他隨行前往，會是一個不錯的選擇！

荀衍登上了馬車。夏侯蘭駕車，曹朋坐在副手位子上。

那一對河一斬，用鹿皮套包裹著，斜插車架上。如果不仔細觀察，還真不太容易看出，那皮套當中是一對寶刀。

「大人……」

曹朋剛一開口，就被荀衍打斷：「友學，從現在開始，你是我的書僮。記住，我是去江東訪友，莫喚我大人，應稱我先生。」

「先生，可以出發了嗎？」

荀衍道：「出發，咱們先到城外驛館和王校尉會合，而後隨隊渡江。」

「喏！」曹朋答應一聲，向夏侯蘭看去。

夏侯蘭點了點頭，手中長鞭一甩，口中呼一聲：「駕！」

馬車在晨霧中，沿著濕漉漉的長街行進。車轂轆輾著地面，發出嘎吱嘎吱聲響，漸行漸遠。

章七

丹徒一夜

時三月，江南煙雨正朦朧。亭外的桃花杏花被風吹落去，狼籍一片。一條曲折的鵝卵石小徑，濕漉漉滿眼緋紅粉白，令人平添惆悵。

青衫男子踏踩著遍地桃紅杏白走來，在亭外停下腳步。

「妳真的決定了嗎？」

「嗯！」

亭中的女子，背對著男人，只是輕輕嗯了一聲。一襲單薄襌衣在微風中飄飛，貼著那曲線玲瓏的胴體，勾勒出一幅美麗的景色。雲鬢高聳，露出雪白而線條柔美的頸子，帶著幾分誘惑。

男人看著她的背影，不由得吞了一口唾液。

曹賊

章七

丹徒一夜

「這是我從老神仙那裡求來的，妳收好。」

「謝謝。」

「那我……告辭了。」

「走好！」

男人把一個羊脂玉瓶放下，轉身離去。可走了兩步，他又停下腳步，「綰兒，其實……」

他話還沒有說完，卻聽亭中傳來幽幽琴聲，到了嘴邊的話語最終還是嚥回去。他嘆了口氣，轉身踩著小徑的露水離開。

「還有二十八天嗎？」

女人口中發出幽幽囈語聲，旋即被風，吹散！

從廣陵出發，先至江都。

這裡的江都，並非後世的江都，而是廣陵下屬的一個地名，位於大江之畔。

曹朋和夏侯蘭隨荀衍會合了大隊人馬之後，並沒有引起別人的關注。事實上，這出使江東的隊伍裡，盡是出身不凡的名士，不論是典軍校尉王朗，或是王朗的那些下屬，都不可能留意荀衍身邊那小小的書僮和車夫的變化。荀衍此次隨行出使江東，只帶了十個荀家的家將……

用荀衍的話說：「我此行只為遊山玩水，帶恁多的扈從，反而擾了心情。」

曹朋對此也沒有在意。反正他很清楚，荀衍有他特殊的任務。

至於究竟是什麼樣的任務？曹朋懶得去猜想，也不想去猜想。

他原本可以拒絕，但荀彧和郭嘉聯手推薦，又使得他無從拒絕……只希望能順順利利完成這次任務，然後回到廣陵。曹朋自己的事情有很多，單只是報答貂蟬的恩義，就需要費他一番心思。估計也用不了太久，也許五月時，就能夠返回廣陵了吧。

在江都休息一日後，使團於江水祠碼頭，登上舟船。

此時的江水，頗為平緩。浩瀚如煙的江面，更透著一股壯闊之韻味。東漢末年時的長江，遠比後世的長江充滿生機，寬闊的江面上，更時時顯露出雄渾蒼茫氣概。

「友學！」

「喏！」

荀衍帶著自己人，獨乘一舟。馬車停在船尾，由夏侯蘭負責照看，他帶著曹朋，來到船頭。身後十名家將自動散開，使得二人有了一個足夠的空間可以交談。

「聽說，你在廣陵不甚如意？」

曹朋一怔，「還好吧，也算不得不如意。」

「呵呵，我知道廣陵人頗有排外之心。你若想要在廣陵立足，恐怕還需要一些周折……其實元龍對你頗為看重，謫居於東陵亭，未嘗沒有磨礪的意圖在其中。對了，東陵亭那邊情況如何？」

曹朋點了點頭，「都挺好。」

重生之後，他開始學習揣摩人心。

前世的曹友學，只知道猛打猛衝，從來不知道去揣摩別人心思。熊耳河水庫的那一槍，教會他很多東西。仔細回想，前世如果他能夠揣摩人心的話，說不定能避免很多的麻煩，減少很多損失……所以今世，他一般不會輕易和陌生人傾心，而是先去揣摩對方的意圖。

荀衍溫溫一笑，「我知你心中可能奇怪，為什麼要和你說這些。這廣陵勾連大江南北，乃江北重地，早晚必有戰事。以廣陵目前之狀況，若沒有本地大族支持，恐難以維繫。所以，他也只能讓你去東陵亭，就是為了向本地豪族表明一個姿態。其實，東陵亭也不錯。我聽說你在那邊過得挺好，一篇《陋室銘》，著實讓廣陵人對你另眼看待，元龍早晚必會重用。」

「卑職……」

「你既稱我先生，當以學生自居。」

「啊？」

「文若言你重細微處，咱們此次往江東，你更需留意才是。不過你大可不必擔心，此行江東應無甚凶險。多則兩月，少則月餘，咱們便可返回廣陵。」

荀衍這樣說，也是為了給曹朋一個定心丸。畢竟，曹朋不過十五歲，他擔心曹朋到了一個陌生地方後，會產生恐懼。

曹朋笑了笑，輕輕點頭。

「先生，您剛才說，廣陵必有戰事？」

「嗯！」

「和那邊嗎？」

曹朋一指江南方向，荀衍看了他一眼，一笑，轉身離去。

一切，盡在不言中吧……

但江東和廣陵，真的開戰過嗎？只記得孫吳和曹魏後期戰事主要集中於淮南，也就是九江郡地區。張遼大戰逍遙津，不就發生在那裡！

廣陵郡？曹朋還真不太記得曾發生過戰事。

搔搔頭，見荀衍回船艙休息，曹朋便逕自去了船尾。

「公子！」

「噓！」曹朋連忙打斷了夏侯蘭，看左右無人，輕聲道：「從現在開始，你就喚我阿福。」

「這個……不妥吧。」

「你要是想害死我，你就接著喊我公子吧。」

「那夏侯遵命。」

前夜的一番交流，夏侯蘭和曹朋之間似乎多了分親密，少了些疏離感，所以夏侯蘭說起話來，也就顯得隨意許多。他壓低聲音道：「我決定了。」

「決定什麼？」曹朋疑惑的看著夏侯蘭，不太明白他話中之意。

夏侯蘭嘿嘿笑道：「等這次事情結束，咱們回去以後，我就書信一封給子龍，勸他過來，如何？」

曹朋聽聞，頓時驚喜。不過，他旋即苦澀一笑，「算了吧，你兄弟未必能看得上我。」

「那也不一定，劉玄德當初不也是在公孫將軍那邊寄人籬下？我覺得公子如今地位雖不如劉備，可至少算是自立。」

「這個……」

夏侯蘭似乎想明白了很多事情。他現在是曹朋的家臣，應該為曹朋考慮，而不是想著其他人的好。這麼一想，劉備如今的豫州牧，似乎也變得不足為道。

曹朋十五歲，已經能獨當一面，至少在海西的時候，夏侯蘭曾領教過曹朋是如何翻手為雲、覆手為雨，把整個海西玩弄於股掌間。而劉備十五歲……不，十四歲的時候在做什麼？從這一點來看，曹朋不輸劉備。

「阿福，不試試又怎能知道？你不是說：得之，我幸；失之，我命。」

「那……試試？」

畢竟是關乎常勝將軍的未來，曹朋也不由得怦然心動。哪怕他明知道趙雲十有八九看不上他，可在心裡面，還是忍不住生出了幾分僥倖之心。

「嗯，試試！」夏侯蘭點頭，神色堅決。

轟隆隆，春雷炸響。陰沉沉的天空，突然間大雨傾盆，江面上波濤洶湧，變得激烈起來。舟船劇烈的搖晃，曹朋和夏侯蘭連忙穩住車馬，倉皇躲進艙中。

好一場春雨……

曹朋站在艙門口，看著外面的豪雨，不由得心生幾分悸動。

荀衍說，這將是一次極為輕鬆的旅程。

可曹朋覺得，這一次恐怕……不會如想像中那麼輕鬆！

午後，使團的船隊在豪雨之中，抵達丹徒。

丹徒，亦即鎮江，屬後世鎮江的一個區，緊鄰京口。春秋時，丹徒為吳國朱方邑，後歸為楚國，改名為谷陽。秦統一六國，有望氣者說：丹徒有天子氣！

開玩笑，這就是說丹徒有可能成為王都？

秦始皇定都咸陽，又豈能容忍這種情況。於是命三千赭衣徒，鑿京硯山敗其勢。而後改名谷陽，為丹徒。

而丹徒，也是正對廣陵的所在，屬揚州北大門。

使團一下船，便有當地官員前來迎接。為首的人是一個四十多歲的中年男子，一襲青衫，姿容俊美，頗有威風。他站在碼頭上，手持竹簦，見王朗等人下船，便立刻帶人迎上前來。

「景興公，別來無恙。」

「子布，尚安好否？」

王朗，原為會稽太守，後被孫策所敗，逃亡許都。其人素有清名，而且才學出眾，在江東地區頗有名望，為許多士人所敬重。即便是孫策曾與之交戰，也必須對王朗有幾分敬重。

此次被孫策派來丹徒迎接王朗的，正是孫策帳下的謀主，長史張昭張子布。

張昭，原本是徐州彭城國人。少時好學，博覽群書。二十歲時，拒絕應試孝廉，而與王朗有過幾次接觸，並深得當時名士陳琳之賞識。後徐州戰亂，張昭避禍揚州。孫策起事之後，便任張昭為長史，撫軍中郎將，文武之事盡與張昭商議。此次王朗前來江東，張昭更擔任了接待使團的事務，以顯示孫策的重視。

王朗和張昭在碼頭上相互寒暄，另一邊，曹朋則跟在荀衍的身後，也走下舟船。

「先生，那人是誰？」曹朋低聲問道。

荀衍嘴角微微一翹，勾勒出一道柔和弧線。「想來，應是那彭城張子布吧。」

張昭出身豪族之家，論出身，還是遜色於荀衍這種祖世豪門子弟。所以，荀衍絕對不會上去和張昭打招呼。如果張昭不過來，他甚至有可能對張昭不予理睬。

或許在他看來，張昭也就是和王朗屬於同一個層次。

果然，王朗和張昭寒暄兩句之後，便帶著張昭走了過來。

「子布，我來為你引見，穎川荀休若。」

張昭登時露出驚喜之色，「可是穎川荀三郎乎？」

三郎，是穎川人對荀衍的愛稱。就好像吳郡、會稽人喚孫策為『孫郎』的意義相同，代表著當地人對其人的喜愛之情。

荀衍搭手微微欠身，「久聞張子布大名，今日一見，果矜嚴威武，名不虛傳。」

張昭連忙客套，「休若休取笑昭，昭之虛名，實不足為道。」

兩人很熱情的拉著手交談，而曹朋則站在荀衍身後，心裡面暗自咒罵：什麼人啊！這邊一大堆人還淋著雨，你們卻在虛情假意的說個沒完，實在是無聊。趕快吧，還是趕快找地方避雨吧。

不過，他也知道，這虛情假意的客套，也算是一種禮數。

別看張昭滿口的客氣，可實際上未必把荀衍看在眼裡。與其說他是敬荀衍，倒不如說他敬的是荀衍出身；而荀衍也是如此，雖說口中稱讚不止，但心裡面估計在盤算著該如何算計張昭。

口蜜腹劍嗎？

其實，三國時期的這些牛人，哪個不是如此！

曹朋突然間感覺到，有一雙凌厲的目光從他身上掃過，驀地抬起頭，就看到在張昭身後，還跟著一個青年。看年歲，約二十出頭的模樣，相貌敦實，給人以忠厚之感，不過那雙眸子卻猶如鷹隼般，極為銳利。

青年只是掃了曹朋一眼，並未太留意，旋即便將目光轉向他處。

曹朋的眼睛在不經意間瞇成一條線。這青年，又是誰？

「阿福！」

「啊，先生。」

荀衍突然呼喚曹朋，讓他猛然省悟過來，連忙上前。

「我與景興、子布同車，你隨荀蘭駕車隨後……對了，看這雨勢，今晚咱們在丹徒過夜！」

「喏！」曹朋躬身行禮。

而張昭此時也掃了曹朋一眼，「休若，這是……」

「哦，此為我之書伴，名叫荀朋。」

「倒是一表人才。」張昭微微一笑，讚了一句之後，與王朗、荀衍把臂離去。

很顯然，他也許會留意荀衍，卻不會留意荀衍身邊的小書僮。不過跟在張昭身後的青年，卻又看了曹朋一眼，眉頭微微一蹙，似乎有些奇怪。但旋即，他便扭過頭，隨張昭身後離去。

「子幽，那傢伙不弱啊。」

「哪個？」

「就是張昭身後那人……此人眸光凌厲，相貌雖敦厚，眉宇間卻有殺伐之氣，恐怕非是常人。」

「是嗎？」夏侯蘭一邊趕車，一邊下意識的觸摸身邊的丈二龍鱗。

「這一次咱們來江東，要小心些。吳越之地，人傑輩出，江表虎臣，皆非虛名，不要輕舉妄動。」

「嗯！」夏侯蘭點點頭，揚起長鞭，催馬行進。

而曹朋則坐在馬車上，看荀衍等人登上一輛華美車仗。

青年將領則翻身上馬，揮手示意部曲跟進。隨即，碼頭上的人群分開一條路來，車仗徐徐行進，朝著丹徒城的方向行去……

雨，越下越大。

即便是在江南，在這個季節裡，也很少出現這麼大的雨水。一般來說，三月的雨大都是輕柔的、無聲的，而今天這一場雨卻電閃雷鳴，透出少有的狂暴之氣，令人不禁心生畏懼。

曹朋站在驛館的門廊下，看著雨水順著房檐流下，如同掛上了一副水簾。

夏侯蘭提著大槍，拎著雙刀，一路小跑的從拱門外跑進來，跳上門廊之後，用力一抖，水星四濺。他把丈二龍鱗與河一斬靠牆放好，嘴巴裡用常山方言低聲咒罵，所罵的內容無非是怪這一場突如其來的豪雨……

「阿福，看這架式，弄不好明天也走不成。」

曹朋點點頭，又搖搖頭說：「不好說，江東天氣變幻莫測，說不定過一會兒就會放晴。」

「難！」夏侯蘭在門廊上坐下，擦乾了頭髮，「就算是雨停了，估計也不太好走。」

「管他，咱們現在是下人，一切聽上面的安排。」

夏侯蘭呵呵笑了起來。他伸了個懶腰，站起來說：「那我先去歇著，今兒個舟上顛簸得我快散了架，渾身不舒服。」

「嗯，我等先生回來。」

荀衍住所，被安排在一個幽靜的跨院裡，除了十名家將之外，就是夏侯蘭和曹朋兩人。荀衍這時候受邀，和王朗去參加酒宴，所以不在這邊。家將們也隨同前往，所以偌大的跨院裡只剩下曹朋兩人。

挑亮了燭火，曹朋就坐在門廊下捧著一部《論語》品讀。這部《論》，出自濮陽闓的注解。曹朋發現裡面有不少觀點非常有趣，濮陽闓的確是對《論》下過一番功夫，見解非常獨到。

曹朋看得也是津津有味，不知不覺，天已漆黑。

雨還在下，但是比之先前卻減弱了許多。沒有電閃雷鳴的狂暴，僅劈劈啪啪的打在屋簷上，令這寂靜的夜裡平添了幾分孤寂。

夏侯蘭怕是已經睡熟了，從隔壁房間裡傳來鼾聲。

曹朋放下手中的書卷，起身準備回屋。

就在這時，耳聽撲簌一聲輕響，他猛然停下腳步，探手一把握住那裝著河一斬的鹿皮兜。目光掃過漆黑院落，卻沒有發現任何異動，曹朋搔搔頭，拎著刀槍，走進了房間。

一道黑影從院牆下的一叢花草中竄出，眨眼間消失不見。

曹朋把書案旁邊的小火爐撥旺，然後又朝著爐子上的陶盆裡灌了一些清水，放上一個酒壺。

這是荀衍的習慣，每天睡前都會喝上一壺酒。

即便是他去參加酒宴，曹朋也得要把酒溫好。喝不喝，那是荀衍的事，溫不溫，則是曹朋的事。他現在牢記自己的身分，是荀衍身邊的書僮。既然是書僮，就必須要做好書僮的本分！

來到江東，等同於身處險境，一舉一動都要小心，否則露出破綻，必會招惹來禍事。

所以，曹朋很謹慎……

跨院外突然傳來一陣嘈雜聲響，似有人在吵鬧。緊跟著，一陣腳步聲傳來……曹朋連忙走到門口。

跨院外，燈火通明，人聲鼎沸。

「爾等做什麼？知不知道這是朝廷使團，也敢亂闖。」

「本官奉命緝賊，爾等還不讓開！若再敢阻攔，休怪本官刀下無情……給我搜！」

說話間，有一隊人就闖進跨院。

曹朋眉毛一挑，厲聲喝道：「什麼人！」

「吳郡賊曹辦事，閒雜人等立刻讓開，否則與賊匪同論。」一個軍卒大步上前，口中大聲喊叫。

眼見著那軍卒就要登上門廊，忽聽錚的龍吟聲響。

曹朋二話不說，從兜鞘中拔出河一斬。一道寒光在空中閃過，大刀破空發出刺耳刀嘯聲，呼的就劈向軍卒。那軍卒也是嚇了一跳，啊的大叫一聲，腳下一滑，撲通就摔倒在泥濘中。

大刀貼著他的耳郭，無聲沒入地面。

「此乃朝廷使團駐地，膽敢上前一步，視若尋釁朝廷，意圖謀反，格殺勿論。」

闖進跨院的軍卒，不由得停下腳步。他們今兒個是遇到狠人了！他們剛才喊著『與賊匪同論』，人家這邊就回一個『尋釁朝廷，意圖謀反』。這罪名之大，可不是他們能承擔得起。而且對方說得似乎也有道理。

夏侯蘭被驚醒，從房間裡走出。

曹朋探手將丈二龍鱗扔過去，「子幽，給我守在這裡。」說罷，他提刀向前，踮步擰身，便跳到了院中。他這對河一斬的長度，甚至比他的個頭還高，長刀拖地，短刀負於身後，往院子裡一站，威風凜凜，殺氣騰騰。

夏侯蘭也不猶豫，探手將丈二龍鱗的槍套取下，大槍蓬的往門廊一頓。

「何人，膽敢生事？」

跨院外，傳來一聲怒喝。緊跟著火光閃動，一個青年武將手持大刀，大步進來。

「小子，吳郡賊曹緝賊，如果你再敢阻攔，就休怪我不客氣。」

那青年相貌英挺威武，只是卻給人一種涼薄狠毒之感。一雙蛇眼，掃過曹朋手中雙刀，頓時露出貪婪之色。

曹朋不緊不慢道：「那我也再說一遍，朝廷使團駐地，若無上命，任何人闖入，都將視作尋釁朝廷，以謀逆論處。你再敢上前一步，也別怪我對你不客氣。」

「小賊張狂，也不看看這是什麼地方。什麼使團？依我看，你就是那賊匪同類……來人，給我把這小賊拿下。」

兩個軍卒齊聲應命，邁步就衝向曹朋。

也許在他們看來，一個小娃娃拎著那麼大的兩柄大刀，嚇唬人嗎？

哪知他二人剛一靠近，曹朋腳踏陰陽，驀地一個旋身錯動，長刀在地面上劃過，迸濺出星星火光。刀口一片水幕，一抹寒光後發先至，將水幕斬斷。那刀光，快如閃電，兩個軍卒剛站穩腳步，大刀就到了跟前。只聽喀嚓兩聲脆響，兩蓬血光和著水幕，在火光中格外醒目。

軍卒大叫一聲，翻身倒地，胸前甲冑被劈開，一道細若髮絲般的紅線，在胸口出現。那紅痕越來越清晰，噴出血霧……

青年不由得臉色一變，眼中貪光更盛。「小賊，找死！」

曹朋的性子，可謂剛硬。

從道理上來說，他沒有半點錯誤。這裡是荀衍的住所，沒有荀衍的同意，任何人不能進入。如今荀衍不在，曹朋自然就擔負起守衛之責。更何況，荀衍身上還擔負著朝廷使命，那就是代表著朝廷的威嚴。如果回去，被人說削了朝廷的顏面，那問罪下來，曹朋也難逃過責。

青年舞刀向前，曹朋二話不說，掄刀就砍。

長刀幻出一抹刀雲，朝著青年當頭就是一刀。短刀則隨著身形轉動，詭異的從刀雲中刺出，直取青年咽喉。那青年的刀法，顯然也經過高人指點，刀法不俗。只見他從容不迫，躲過曹朋雙刀之後，橫刀斜撩，朝著曹朋肋下抹去……

兩人在庭院中，你來我往，鬥在一處。

曹朋心裡面開始奇怪：這傢伙，是誰？

青年的武藝不差，顯然已有二流武將的水準。一口大刀使得是水潑不進，而且他個頭比曹朋高，腿腳比曹朋長，所以和曹朋鬥在一處，絲毫不落下風。

曹朋有點火了……腳踏陰陽步，身形陡然間加速。河一大刀自身前發力，每一刀揮出，必帶起一聲古怪刀嘯聲。一刀連著一刀，刀刀相連。

青年臉色大變，原本堅實的腳步，開始出現踉蹌。

曹朋的大刀之中，隱含一道道暗勁，而且出刀迅猛，快如閃電，一道道、一條條的刀光掠過，打得青年連連後退。曹朋那刀上的力量，越來越怪異。而在外面看起來，曹朋整個人幾乎被刀光籠罩起來，那雨水落下，好像被一蓬刀光所阻，向旁邊散去……

夏侯蘭不禁暗自感慨：一年前，阿福尚非我三合之敵；可一年之後，他已經隱隱有追上我的趨勢……這世上，莫非真的有天才一說？就像老師所言，資質和天賦嗎？

就在夏侯蘭這一愣神的工夫，耳聽曹朋發出一聲咆哮。

那古怪的音節自曹朋口中爆發出來的一剎那，竟似蘊含著無上的力量。河一斬的刀嘯聲陡然間一變，隱隱約約，竟帶有風雷之聲，鐺鐺鐺，雙刀連環劈斬，狠狠的斬在青年的刀上。

一刀，兩刀，三刀……

青年已記不清楚，他封擋了曹朋多少刀。

一股股詭異的力量自曹朋大刀上傳來，令他狼狽不堪。那刀太快了，快得根本讓他躲閃不開，只有硬碰硬的封擋，手中那口精煉鋼刀漸漸出現了裂紋，隨著鐺的一聲脆響，大刀碎裂成片。與此同時，曹朋猱身而上，一刀橫抹，朝著青年的脖子就抹了下去。這一刀如果抹中，青年必死無疑。

就在這千鈞一髮之際，就聽跨院外有人高喊：「阿福，住手！」

曹朋聽得出，那是荀衍的聲音。於是刀口往上一抬，刷的從青年頭上掠過，不過在收刀的一剎那，猛然屈肘，狠狠撞在青年的胸口。

那青年哇的噴出一口鮮血，撲通摔在地上。濕漉漉的頭髮，散落一地。青年的腦袋頂上，牛山濯濯，狼狽至極。

「誰讓你們前來驛站生事！」

張昭的怒吼聲，在跨院外迴盪。

而荀衍則快步走進跨院，見院中的場景，輕輕出了一口氣。「阿福，為何擅自動手……還殺了人？」他看到地上的兩具屍體，不由得濃眉一扭，厲聲喝問。

「回稟先生，阿福已警告過他們：擅闖朝廷使團駐地，視若尋釁朝廷，與謀逆同罪。可是這些人，卻絲毫不把朝廷放在眼裡，更有這人連番衝擊。阿福也是迫不得已，只好殺人……」

荀衍的眼中，閃過一抹讚賞之意。

「子布，莫非江東，已不是朝廷所轄嗎？」

張昭走進跨院，看到庭院中的屍體，還有那青年的慘狀，有些惱怒。可是，當他聽完曹朋那一番話，頓時也變了臉色。

沒錯，漢室衰頹，朝廷威嚴已蕩然無存……可這並不代表著，江東就能獨立。至少從目前來說，江東還是朝廷所屬，否則孫策又何必費盡心思，想要求取朝廷封號？那是大義，是正統之名……袁術的下場，就是前車之鑒。

張昭不禁羞怒！身為長史，負責接待使團，卻出了這麼一檔子事。

他上前一步，走到那青年跟前。青年才在兩個軍卒的攙扶下站起來，可沒等他站穩，張昭掄圓的巴掌，狠狠就是一記耳光。

「韓綜，哪個讓你前來鬧事！」

這一巴掌，打得青年頭昏腦脹。

「你敢打我……」他惱羞成怒，一把甩開身邊的軍卒，「張昭，你不想活了！」

「韓綜，我看是你不想活了！」

跨院外，走進來一名青年。看年紀，兩個人相差不多……可是這後來的青年一進來，跨院內的軍卒立刻噤若寒蟬，低下了頭。

「喏！」

青年看了一眼地上屍體，冷哼一聲，「所有人，立刻給我滾出驛站，回營中自請處置。」

軍卒們大氣都不敢喘，連忙退出跨院，退出驛站。

「韓綜，你剛才說，誰不想活了？」

「我……」

「吳侯奉天子詔令，命子布先生總領江東文武事。他今天莫說打你，就算是殺了你，到吳侯面前，也沒有任何錯處。倒是你，好端端擅闖驛館，所為何來？」

「我……伯海，我也是奉命緝賊，並無惡意。」

「奉命？奉誰的命？誰又給了你這個命令，讓你闖進驛站，冒犯天子之威？」

「我……」

「你還敢狡辯嗎？」

青年聲色俱厲，韓綜低下了頭。

「帶上你的人，立刻給我滾出丹徒。此事，我當親自派人向義公老將軍稟報……你、你、你、你丟盡了我江東的體面，還不退下。」

韓綜灰溜溜走出去，臨走的時候，回身惡狠狠的看了曹朋一眼。

「孫河治下無方，沒想到竟出了這等事情，還請景興先生、休若先生勿怪。」青年說罷，朝著荀衍和王朗搭手一禮。

張昭也是連連道歉。這種事傳揚出去，的確不是什麼光彩的事情。

而王朗呢，看了荀衍一眼之後，也連連客套，所謂多一事不如少一事，畢竟是在人家的地盤上，總歸不能過分。

只是他這種行為看在曹朋眼中，卻很不舒服。該強硬的時候就應該強硬，這王朗，看樣子也就是個高談闊論之輩，怪不得被孫策打得狼狽而逃，跑去許都。

荀衍呢，卻一臉平靜，看不出半分喜怒。

「休若，不如這件事，就算了吧……韓綜乃吳侯老臣，先登校尉韓當韓義公之子，被驕縱壞了，所以不知這輕重。教訓一下也就是了……你看如何？」王朗面帶笑容，輕聲勸說。

荀衍道：「我久聞吳侯忠義，江東皆明禮法。但願今日只是偶然，否則我即刻返回許都。」

張昭連連道歉，荀衍這才點頭。

別看荀衍這兩句話，卻把張昭憋得一肚子火，偏偏無處發洩。

「子布、伯海，天色不早，且散了吧。」荀衍說罷，轉身回屋去了。

江東諸人深知己方理虧，所以也只能賠笑，訕訕然退出跨院。

曹朋收刀退到門廊上，和夏侯蘭一左一右，站在門外。

臨走時，孫河看了一眼曹朋，突然道：「好刀，好言辭，好手段……穎川荀氏，名不虛傳。」

荀衍聽聞孫河這一句話，也停下了腳步。他看了一眼曹朋，朝孫河微微一笑，「人只知南山有鳳，三年不鳴，一鳴驚人……卻不知，若無三年蟄伏，焉得一朝衝天？」

孫河臉色一變，「孫河受教。」

「先生，您這可是把我給推到了前面。」

曹朋看著眾人離去，不由得苦笑搖頭。

荀衍笑道：「今日你既然出刀，那又何必藏頭縮尾？再者說，站在前面，已非是一樁壞事。」

他招手，示意曹朋隨他進屋。

夏侯蘭則站在門外，負責守衛。家將清理庭院中的屍體，而後各自回到房間裡。這小小的跨院，很快便恢復了寧靜，只是跨院外面依舊有些嘈雜，不時傳來一兩聲呼喊。

「友學，且先坐下。」荀衍坐下來，示意曹朋也坐下。

「先生，那孫河是誰？」

「哦，孫河乃丹徒長，蕩寇校尉，是孫堅族子，孫策之弟。此人在江東，也頗有威望。他今天那一番話，可是在為你叫屈呢……怎麼，你有什麼想法？」

「我？」曹朋不由得笑了，目光無意間在書案上掃過，臉色突然間一變。

「先生，可要飲酒？」

「哦，且滿一爵。」

「先生，可要試試這酒的溫度？」

荀衍一怔，發現曹朋朝他擠了擠眼睛。他心裡一動，慢悠悠從榻上起身，「你這孩子，已說了多少次，卻總是掌握不住火候……嗯，讓我看看，你這一次比上一次可有長進嗎？」

說話間，荀衍便來到曹朋身旁。

就在這時候，曹朋突然間抬手，一枚嬰兒拳頭大小的銅球脫手飛出，朝著梁上就飛過去。

「梁上朋友，還要繼續藏著嗎？」

蓬的一聲悶響，緊跟著就見一道人影飄然從梁上落下。曹朋踮步衝上前，從身側兜囊中取出另一枚銅球，作勢就欲出手。

那梁上君子連忙後退，大聲道：「住手！我並無惡意。」

「阿福，先住手。」荀衍也喚出聲來。

曹朋腳下滑步，身形滴溜溜一轉，探手就接住從房梁上落下的銅球。兩枚銅球在手，他警惕的看著窗前的男子，身形徐徐後退，可是那兩枚銅球仍在手中轉動，做好了隨時出手的準備。

章八　情書

叮、叮、叮……銅球在曹朋手中轉動，極有韻律的撞擊，發出一聲聲清脆聲響。

「阿福，你能不能不要再玩你那兩個丸了？」

「呃……」曹朋額頭登時布滿黑線。

這句話怎麼聽著這麼怪異呢？翻譯過來，就是『你不要再玩你那兩個球了』。這若是放在後世，一定會引發歧義。

你多說一個『銅』字會死嗎？曹朋很是無奈。

曹朋那兩個球……兩個銅球，其實就是根據後世的保健球打造。

前世，教他功夫的老武師就喜歡把玩『雙丸』。據說，這『雙丸』能增強手勁，刺激血脈，強化氣血。

人體的四肢和全身是一個整體。十四條大經脈中，除了任督二脈之外，十二條經脈把手足和軀體的胸腹、頭等部位聯繫在一起，在後世的中醫學稱之為『內聯臟腑，外絡肢體』。俗話說得好，十指連心，說的就是這十根指頭和全身內部各個臟腑器官聯繫緊密。透過對手上穴位的刺激，可以傳遞到相應的臟器，並影響到全身。而這『雙丸』，恰恰就能夠達到這種神奇的效果。

一開始，曹朋還是從陳升家裡的那枚玉球，得來的靈感。

他原本想用玉來打造，可後來又覺得玉易碎，而且好玉難尋，一下子也不可能打造出來。所以他在海西的時候，就透過金市行首黃整找來當地最好的鐵匠，用赤銅打造出一對雙丸。每只重大約兩斤，平時就在手裡轉動把玩，必要的時候還能做暗器使用。

白猿通背拳中，也有關於暗器的使用方法，比如什麼流星趕月啦、什麼雙鬼拍門啦……等等。曹朋前世倒是沒有太留意這方面的功夫，但大致的練法還能記得住。

『雙丸』，又名鐵流星。取意就是當它作為暗器使用的時候，快如流星。

梁上君子眼珠子滴溜溜打轉，看著曹朋手裡那對鐵流星，不免心裡有些發顫。剛才他躲在房梁上的時候，鐵流星就打在他身側。梁上君子的身手也不弱，可以清楚的感受到曹朋那一擊應該是留有後手，否則這鐵流星打在身上，就算是打不死他，也能讓他骨斷筋折。

門外，夏侯蘭也聽到了動靜，不過卻被荀衍喝令在外面守護，不得讓人靠近。

別看荀衍帶了十個家將，可他已經感覺到，真正能讓他放心的恐怕還是夏侯蘭和曹朋了。

待曹朋收起鐵流星，荀衍則上上下下打量那梁上君子。

梁上君子的個頭不算太高，大約也就是七尺出頭，一六五左右的高度。體型乾瘦，屬於那種扔進鍋裡熬不出幾兩油的主兒。胳膊比常人略長，垂下來幾乎快到膝蓋。八字鬍，頜下短鬚，三角眼中，眼珠子泛黃，似有些渾濁，往人群裡一站，毫不起眼。

「你，是什麼人？」

梁上君子連忙搭手一揖，「小人羅克敵，拜見恩公。」

古人常以單名為貴，雙名為賤。一般而言，取雙名者，大都是犯官囚徒贅婿之後，社會地位不會太高。而且他們從出生，便注定會是雙名，甚至登記造冊，同樣也會以雙名來示人。

荀衍眉頭輕輕一蹙，便沒再說話。似他這等出身，還真不屑和雙名者交談。

他看了一眼曹朋，曹朋頓時明白了他的意思。荀衍這是讓他出面，和梁上君子……呃，羅克敵交談。

「羅克敵，你做何營生？」

羅克敵那雙渾濁雙眸閃過一抹光亮，搭手朝著曹朋又是一揖。

「小恩公，小人心裡有一個疑問，不知小恩公可否為小人解惑呢？」

這個人，似乎很有趣！

曹朋不由得笑了，輕輕點頭：「問吧。」

「小人自幼苦練輕身術，雖說不得出神入化，但也能飛簷走壁，落地無聲。這房梁甚高，小人亦覺得藏得很隱秘，可小恩公卻能一眼看出小人的藏身之處，不知小人犯了什麼錯誤？」

這一句話出口，基本上便暴露出了羅克敵的行當。

什麼人沒事會飛簷走壁，穿門過戶？什麼人需要行走鬼魅，落地無聲？什麼人有需要刻意去練習藏身之所？答案呼之欲出，那就是小偷！不過看得出，羅克敵屬於那種對自己要求很嚴格，很有上進心的小偷。

曹朋不由得露出了笑容，看著那羅克敵，半晌也不說話。目光中，隱隱有壓迫之意。

羅克敵的心，也隨之怦怦跳個不停。

「其實，你藏身之術不錯，也很高明……一開始，我並沒有發現你。」

「那……」

「可問題在於，那房梁上的灰塵。」

「灰塵？」

曹朋走到書案旁，伸出手，在案子上抹了一下。

「先生好整潔，所以剛才先生不在的時候，我特意擦拭了一下書案。可是剛才，我發現案子上卻有一層浮塵。當然了，不是特別明顯。只是因為我剛擦過，所以才會留意到這些。」

「就這麼簡單？」

「呃……事實上，就這麼簡單。」

羅克敵不禁苦笑。

而荀衍在一旁則露出讚賞之意。腦海中，突然浮現出離開許都前的一幕景象。

他在離開許都前，郭嘉曾登門拜訪。

「休若，我有一事相求……前些時候，鄧叔孫曾來信與我說，他內弟將及冠，想為他尋一先生。可是由於種種原因，你也知道……我知休若才學，而且未有弟子，不知可否通融呢？」

當時荀衍有些不快，覺得郭嘉這要求似乎有些冒昧。可現在，荀衍卻覺得，自己未必能教得了曹朋。也許……

荀衍心中，浮現出一個念頭。

曹朋不知道，在這電光石火間，荀衍的心思已經是千回百轉。

他正詢問羅克敵：「羅克敵，你做何營生，我已知曉。你的問題，我也回答過了，現在該你回答我的問題了……我想知道，你究竟做了什麼事情，竟惹得吳郡賊曹千里追殺於你？」

從丹徒到吳郡治所吳縣，隔了三個縣城：曲阿、毗陵、無錫。

兩地雖非千里之隔，但是距離卻不近。丹徒，是吳郡治下十三個縣城之一，同時還是最北部的縣城。一般來說，普通的盜匪大都是由各縣賊曹負責緝捕。驚動吳郡賊曹，只有兩個可能，一個是這人是在吳縣犯事，二來有可能是因為犯的事情太大，以至於郡賊曹出馬。

從韓綜之前的言語中，曹朋可以聽出：這韓綜是從吳縣一路追殺羅克敵。

那麼，羅克敵究竟犯了什麼大事？

羅克敵猶豫了一下，嘆了口氣，「小恩公既然已經猜出小人的營生，那小人也不再隱瞞了。小人是吳縣人，做的便是那穿門過戶、無本的買賣。說實話，小人到現在也沒有弄明白，怎麼就招惹了吳郡賊曹。大約在月前，小人走了一戶人家，隨後，吳縣賊曹紛紛出動，到處捉捕本地閒漢。小人發現情況不妙，連夜逃出吳縣，本以為躲避兩日，待風頭過了再回去，哪知道……」

「後來小人走漏了行蹤，便被那些孫家犬盯住，從吳縣一路逃到了丹徒。原本小人打算乘船到江北，沒想到今日碼頭封鎖。那些孫家犬又追得急，小人也是無路可走，就懷著僥倖之心，逃到這邊。未曾想卻……」

曹朋奇道：「那你究竟偷了什麼人家？」

「其實，也算不得什麼人家，只是吳縣本地的普通人家。」

「那你偷了什麼東西？」

「也沒偷什麼啊……」

曹朋臉色一沉，聲音陡然間凌厲起來，「羅克敵，你可是覺得我年少可欺，抑或者以為我不敢殺人嗎？」

「啊……小恩公何出此言？」

曹朋手中鐵流星飛速轉動起來，雙丸在轉動時發出摩擦聲響。

羅克敵嚇得臉發白，撲通就跪下，匍匐地上，心道：你不敢殺人？我可是都看見了，你剛才殺起人來，連眼睛都不眨一下！

「你一沒偷什麼大戶人家，二沒有盜竊貴重物品，好端端引得吳郡賊曹帶人千里追殺，是何道理？」

「小恩公，我真不知道啊。」羅克敵說：「小人到現在也沒有想明白究竟是怎麼回事。小人在吳縣活了這麼多年，有些道理又怎可能不明白？什麼人家能動，什麼人家不能動，小人這心裡清楚得很。這些年來，小人從未有過失手，哪曉得這一次竟惹出這許多禍事？」

曹朋朝著荀衍看去。

荀衍點點頭，微微咳嗽了一聲：「羅克敵，按道理說，我應配合吳郡，將你緝拿。可是呢，我覺得你也不易……你好好回憶一下，究竟偷了什麼東西，才引來了這等殺身之禍。」

荀衍語速很慢，卻帶著一種莫名的壓迫感。

羅克敵搔了搔頭，猛然起身，「兩位恩公稍等。」

說著話，他踮步擰身，騰空而起。一隻腳踩在窗稜上，猛然一個發力，身體好像輕靈的燕子般，無聲拔高。雙手落在房梁上，只見他身子在空中一擰，悄然落在了房梁之上。

他從房梁上拿出了一個包裹，而後縱身躍下。

「恩公，小人身無長物，跑出來時，能帶的都在裡面。那天我偷來了兩鎰黃金，當天就變賣了錢財，拿去吃酒；除了那兩鎰黃金之外，還有一個匣子。小人愛其精美，所以就留在身邊。匣子裡也沒什麼事物，只不過是一些書信……不過小人不識得字，所以也不認得是什麼。小人還沒來得及處理，就被韓綜帶人追殺，匆忙間便帶在身上。若真是因為這家的緣故，那小人以為，很可能就是這匣子裡的書信吧。」

說著話，羅克敵把包裹打開，從裡面取出一只綠檀木做成的木匣子。

不算太大，如羅克敵所言，做工非常精細。

曹朋接過那木匣子，遞給了荀衍。荀衍把匣子打開，發現這匣子裡是一疊名貴的左伯紙。

這戶人家，可不簡單啊！藏有黃金也就罷了，居然還有如此名貴的左伯紙？

他拿起一張信箋，就著燭光飛快在信箋上掃過，臉色卻為之一變，神情頓時顯得有些古怪。

「羅克敵，就這些嗎？」

「就是這些。」

「你……沒有丟掉什麼？」

「小人以故去老母之名起誓，絕無虛言。小人又不識字，就算是看了也不知道是什麼東西。當時風聲緊，我又怎敢隨意的處理呢？」

「阿福，你來看看吧。」

曹朋走上前，從荀衍的手中接過那光面溜滑、觸手細膩的左伯紙。

還沒有來得及看裡面的內容，鼻端便縈繞著一抹淡淡的香味，似是女子常用的熏香，但究竟是什麼香味，曹朋又分辨不出。左伯紙的顏色略帶著一抹淡紫，看得出這主人很有趣味。

他認真的看過內容。那字跡很娟秀，而且帶有非常明顯的飛白痕跡，想必是臨摹過蔡邕的碑帖。不過這內容……

曹朋不由得有些哭笑不得，居然是一封情書！而且這情書，還是《詩經》裡的一首詩。

其意思大致上是說：我們約好了時間，我來到約定的地點，可是情郎卻沒有出現。情郎啊，你為什麼沒有來？莫非是另有新歡？你可知道，我一直等到了天亮，我的眼淚已經流盡……
痴情女子對情郎的思念，以及內心裡的憂慮和不安，躍然紙上。
但沒有抬頭，也沒有落款，想必是沒有這個必要。
曹朋搔搔頭，又看了幾封，大致相同。有的是得到了情郎的回信，痴情女子感到無比開懷；有的則是莫名的憂慮，似乎在擔心什麼事情……
「羅克敵，你確定沒有丟棄過嗎？」
羅克敵快要哭了！
「兩位恩公，小人若是有半句虛言，不得好死……死了也餵狗！我真沒有丟棄什麼。恩公想啊，小人結交的大都是和小人一樣粗鄙的人，這東西又有什麼用處？如果是空白紙張，小人還能換點錢來花花，可上面……再者說了，小人這營生講的是一個小心，當時風聲已經緊了，小人又怎敢輕舉妄動。本以為能平安度過，可是那韓綜竟搗毀了梅里，扯出了小人。」
梅里，想必是吳縣一處銷贓之所。
羅克敵既然變賣了黃金，那韓綜肯定是從那兩鎰黃金上順藤摸瓜，最後找到了羅克敵……
可是，也不至於千里追殺吧！
曹朋看著那匣子裡的情書，一時間陷入沉思：莫不是在這些情書裡面，還藏著什麼秘密？

章九 遙想當年，羽扇綸巾

雨絲纏綿，整整下了一個晚上。

江東方面沒有再派人騷擾，而使團也明顯加強了防衛。這一夜無事，直到第二天，天放亮。

雨在天亮前，終於停下來。

曹朋和夏侯蘭一如早先，套上了馬車之後，一個趕車，一個坐在副手位子上，緩緩駛出驛站大門。在驛站門口，荀衍從車上下來，與王朗一同見過張昭。隨後，使團車馬徐徐行出。

張昭有意無意的用眼角餘光，掃視荀衍的馬車，不過當他看到荀衍從馬車上下來，便旋即停止了觀察。對世家子弟，張昭很瞭解。這些人眼高過頂，而且極為驕傲，可不是什麼人都能和荀衍同車而行。若身分地位不相等，卻坐在同一輛馬車裡的話，那麼對世家子弟就形同於羞辱。

張昭從韓綜口中得知，他奉命追殺盜賊，但具體原因，韓綜也不是很清楚。那盜賊就是吳縣城中的一個閒漢，所以大可不必擔心荀衍和那盜賊會坐在馬車之中。所以，張昭的注意力旋即放在其他車馬身上，在他的指示下，不斷有軍卒有意無意攔阻車輛，進行檢查。不過這種小動作，卻瞞不過荀衍和王朗的眼睛，兩人都輕輕的一蹙眉頭。

曹朋覺察到似乎有人在盯著他，回頭看去，就見韓綜在孫河的身後，正惡狠狠的看著他。而孫河，卻好像渾若無事般站在一旁，面帶微笑，聆聽張昭與王朗、荀衍之間的談話……只是那眼角的餘光，總若有若無的掃過曹朋。

眼神凶狠，就了不起嗎？

曹朋露出一抹冷笑。他突然抬起手，拍拍了放在旁邊的刀囊，而後一指韓綜，便衝著韓綜做出了割喉的動作，舉手投足間所流露出的不屑，令韓綜頓時臉漲得通紅。韓綜雖然沒有見過割喉禮，但是卻能感受到曹朋對他的羞辱之意。

韓當，可謂是江東兩世老臣。孫堅在世時，韓當便跟隨孫堅東征西討，還參加過諸侯討伐董卓的戰事。孫堅死後，韓當便開始跟隨孫策，渡江東征，幫助孫策打下了今日偌大的局面。孫策帳下，能與韓當相提並論者並不是特別多，除了老將程普，和前南陽郡太守黃子廉之子黃蓋黃公覆之外，論資歷還真沒有多少人能高出韓當。因此，韓綜也算是嬌生慣養，甚至恃寵而驕。

從小到大，韓綜哪裡受過這樣的羞辱。他咬牙切齒的看著曹朋，作勢就要衝出去。

孫河伸手，一把將韓綜死死按住。朝著曹朋微微一笑，孫河又輕輕搖了搖頭，那意思是警告曹朋：適可而止吧，有些事情若做的太過分了，到時候你可就要有大麻煩了。

曹朋也笑了，扭過頭，不再理睬孫河。

「這個孫伯海，不簡單。」他壓低聲音，對夏侯蘭說道。

夏侯蘭詫異的伸出頭，朝孫河看了一眼，「還不是兩隻眼睛，一個鼻子。好像沒什麼特別。」

孫河的相貌並不是很出眾。他原本姓俞，從小跟著孫堅東征西討，深得孫堅看重。後來又跟著孫策渡江東征，孫策賜姓為孫，還把孫河列入族譜，正式承認孫河在族中的地位。此人性情忠直，納言敏行，在江東諸將中頗有威信。即便是程普、黃蓋和韓當這樣的老臣，對孫河也是讚不絕口。

曹朋道：「長得好，不一定就有本事。」說著，他又看了孫河一眼。

不過這時候孫河正與荀衍等人拱手道別，所以並沒有留意曹朋。

這拖拖拉拉的，一直快到辰時，使團才算是上路。張昭請王朗、荀衍和他同車而行，但卻被荀衍拒絕：「昨夜未曾睡好，故而需回車小憩。」

荀衍的回答很婉轉，張昭也就沒有再強求。不過，王朗和張昭卻是舊識，於是便隨著張昭一同上了馬車。

荀衍則回到自己的馬車前，曹朋跳下車，攙扶著荀衍上去。兩人相視一眼，輕輕點了點頭。

孫河一直看著兩人，面帶微笑。

「阿福，孫伯海似乎對你很有興趣啊。」

「哦？」

「呵呵，否則他也不會一直旁敲側擊，打聽你的事情。我看，他是想要招攬你呢。」

曹朋聽聞，不由得笑了……

夏侯蘭揚鞭趕車，馬車隨著大隊人馬徐徐而行。

可以看得出來，孫策對這一次使團到訪，應該是非常看重。不但命張昭親自來丹徒迎接，還派來了數百精騎跟隨。曹朋神色悠悠，坐在馬車上，和孫河再次頷首致意，這才收起笑容。

「伯海，就這麼讓他們走了？」韓綜咬牙切齒的問道。

孫河看著他，輕聲道：「那你想如何？」

「賊人定然就藏在裡面，而且我敢確定，一定和那荀家小子有關。」

「你剛才也看到了，所有人從你面前過去，你也沒有看出什麼端倪，更沒有證據。你還要怎樣？」

「不如我在路上……」

「韓綜，你休要放肆。」孫河臉一沉，沉聲道：「如果不是你昨晚擅闖驛館，又何至於鬧出這許多的亂子？你為何不先報知與我，我也可以和王朗、荀衍商量，那樣豈不就名正言順？可你偏偏自作主張，帶著人就往裡闖，還平白丟了主公的顏面。你可知道，主公盼朝廷詔令，何等心切？若得朝廷詔令，主公就可以名正言順的征討江東。我告訴你，休要打那使團的主意。」

孫河說罷，長出一口濁氣，沉吟片刻後道：「使團這邊，我自會派人盯著。你立刻返回吳縣，稟報主公……虧你也是堂堂一郡賊曹，怎麼緝拿個小賊也這麼麻煩？你啊你啊……」

孫河搖著頭，轉身離去。

只留下韓綜面紅耳赤的站在原處，看著孫河的背影，眼中閃現出一抹猙獰之色。

孫伯海，欺人太甚！

正如夏侯蘭昨夜和曹朋說的那樣，雨雖然停了，可是這道路卻變得格外泥濘。車隊一路行進，到傍晚時還沒有到達曲阿。可是這顛簸的實在是太狠了，連王朗都有些難受。沒辦法，張昭只好命人停下，就地安營紮寨，同時派人前往曲阿，命曲阿長連夜修築道路，以免再耽擱時間。

夏侯蘭趕著馬車駛入營地之後，從車下面滾出了一個泥猴，赫然正是羅克敵。這傢伙也的確是能忍，藏在車板下差不多快一整天，可下車後卻顯得很有精神，換上一身衣服，便悄然離開。

「阿福，這等雞鳴狗盜之徒，你又何必理睬？」

「我聽說，當年有個人手下有很多門客，後來他得罪了秦國國君，不得已而逃亡。經函谷關的時候，城門落鎖，所有人都束手無策，正是一個門客學雞叫，詐開城門，才逃出生天。」

「是孟嘗君！」荀衍不由得笑了。

我知道是孟嘗君！曹朋心裡嘀咕道：我若是不如此，又豈能給你顯露的機會？

不過，他用這雞鳴狗盜的故事，倒是令荀衍無話可說。羅克敵在江南，恐怕是沒有棲身之所，就算是去江北，還是做那偷雞摸狗的事情。曹朋覺得，他身手不弱，如果就這麼棄之於市井中，不免有些可惜，所以曹朋介紹羅克敵去海西，反正鄧稷那邊，也正缺少幫手。

雞鳴狗盜或許低賤，可用得好，說不定能有大用處。在這一點上，曹朋倒是相信鄧稷，至少鄧稷在用人方面也不算太差……

「阿福，看你平時沒事兒就捧書閱讀，讀的是什麼書呢？」

「哦，學生現在正在讀《論》。」

「讀《論》？」荀衍露出讚賞之意。「讀得怎樣？」

「不過粗閱。」

「嗯，《論》有大學問，倒是值得好生研讀……對了，你跟誰學的《論》？」

「回先生，是濮陽先生。」

「陳留，濮陽闓嗎？」

「正是！」

荀衍點了點頭，「濮陽闓為人略刻板，但要說這學問，倒也稱得上扎實。特別是《論》與《春秋》，頗有見地。當年若不是因為從賊的緣故，說不得如今也能有一番成就。」

連荀衍都說濮陽闓學問好，那濮陽闓的學問端地不錯。

荀衍道：「阿福，聽說你今年就要及冠了？」

「呃，姐夫是有這個打算。」

「那可準備求取功名？」

「這個……」曹朋有點搞不清楚荀衍的真實意圖。他想了想，苦笑道：「學生倒是想過，但恐怕很難辦到。我家原本是在南陽，想要求取功名，恐怕沒那麼容易。」

「南陽……」荀衍搔搔頭，突然道：「我記得，子廉不是在南陽嗎？你和子廉似乎有交情，而且我聽說子廉在洛陽設立有賭場，你和子丹好像都有參與吧？」

曹朋一怔，猶豫了一下之後，輕輕點頭。

說起來，盛世賭坊經過半年籌建，在年初正式開業，據說生意不錯，每天也頗有盈利。特別是賭坊裡的那些小玩意兒，也迅速在民間推廣開來。麻將、牌九之類的玩意兒，很受人喜歡。

只不過由於曹朋身在廣陵郡，所以對那邊的情況並不是很瞭解。

至於究竟有多少收益？曹朋更是不清楚。他搞這玩意兒，說穿了就是想要和曹洪搭上一個關係，將來若有什麼事情，曹洪也能為他出面說項。至於賺錢……曹朋覺得，他在海西縣煮海製鹽，利潤恐怕遠比賭坊來得大。畢竟，民以食為天，屯田和製鹽才是正經的事情。

「還是算了，子廉叔父和我雖有交情，但這種事，還是靠自己的好，否則傳揚出去，即便是得了功名，也被人看不起……弄不好，吃不到羊肉，反而惹來一身騷。」

「呃……」荀衍不由得啞然失笑。

話雖說得粗俗，但仔細想想，還真是這麼一個道理。

荀衍對曹朋更添了幾分好感，心裡面同時也拿定了主意。

這一晚，風平浪靜。第二天再次啟程，道路已變得好走了許多，特別是在過了曲阿之後，這道路就更顯平整，所以行進的速度也隨之加快。大約五、六天的工夫，曹朋等人便過了無錫。再往南，大約一天半的時間，就可以到達吳縣，大家的心情也隨之輕鬆許多。

一場大雨過後，接連幾天都是陽光明媚。

這一日，車隊行駛至震澤畔，突然停下。張昭派人前去打聽，得知是前面的道路被堵上了。兩輛馬車突然翻倒在路中央，以至於道路不通，不過對方正在挪動車輛，很快便會讓出通路。

「出門在外，難免會有差池。」荀衍倒是顯得很大度，「既然他們說很快讓出通路，咱們也不用著急。我常聽人說，震澤風光獨秀，卻一直未得見。今日既然路過，雖不能泛舟大澤，但也可以在湖畔一賞景致？」

「呃……」張昭想了想，覺得荀衍這要求倒也算不得過分。

震澤，也就是後世的太湖，同時也是孕育吳越文化的搖籃。

張昭覺著正可以藉此機會一展江東之美，所以欣然答應，和王朗、荀衍一同向湖邊行去。

「阿福，你也來。」荀衍走出兩步，朝著曹朋招手。

曹朋一怔，連忙跳下車，快步跟了過去。

「休若，你家這阿福，倒是個可人兒。」

可人兒？你他娘的還真能亂用詞啊！曹朋心裡暗中咒罵。

原來，這王朗好孌童，喜美男。一開始曹朋還不知道他這癖好，後來是荀衍無意間提起。

東漢末年，士大夫多有怪癖。龍陽之風自戰國興起，養孌童更是社會的一種風氣。後來曹朋還聽說，王朗有好幾次有意無意的和荀衍提出，想把他要過去。

這老兔子……

當曹朋知道了王朗這癖好之後，頓時就生出提防之心。好在荀衍找了個藉口，把這件事推脫過去。但王朗看曹朋的目光中，卻總是有幾分淫邪。反正，曹朋很不舒服。

荀衍並沒有理睬王朗言語中的暗示，談笑風生，指點著震澤風光。

但見震澤，煙波浩渺，波瀾壯闊……站在太湖畔，總令人胸懷激烈。這與海之壯闊不同，別具江南之色。

「久聞休若才思敏捷，今觀震澤，何不作賦留念？」

荀衍心頭一震，向張昭看去。

這老小子憋了這麼久，終於要準備出招了嗎？

他此次前來，就心知必有一番較量。江東人傑地靈，英才輩出，張昭本人也是才學淵博之人。說是出使江東，其實必然免不了和江東俊傑有一番詩書口頭上的較量，荀衍早有準備。

自古文無第一，武無第二。

孫伯符雄踞江東，雖表面上臣服漢室，但其志向卻不可小覷。

說是詩文較量，倒不如說是江東士族和中原世族之間的一場博奕。自下船以來，張昭一直表現的很克制，但其心中恐怕早已經有了計算。今日這震澤之畔，不過是一場試探。

荀衍腦海中，立刻轉動起來。如果他不接招，必然會弱了曹操的臉面；可接招……

「先生，不如讓我試試？」

「阿福？」荀衍轉身，向曹朋看去。

曹朋嘻嘻笑道：「從前先生常與我說吳越往事，今日站在震澤畔，不免心生感慨，故賦詩一首，還請先生指點。」

曹朋這一打岔，頓時吸引了張昭的注意力。「阿福武藝不俗，沒想到，還能夠賦詩？」

「嗯！」曹朋做出一副緊張的模樣，用力點了點頭。「不過小子這首詩，只是隨性而作，若有不妥之處，還請先生們指教。」

「既然如此，何不誦來聽聽？」

荀衍這心裡面，不免有些緊張。他知道，曹朋這是在給他解圍……可問題是，他小小年紀，又怎懂得賦詩？萬一他……

荀衍正思忖間，曹朋已開口吟誦。

詩曰：具區浩蕩波無極，萬頃湖光盡凝碧。青山點點望中微，寒空倒侵連天白。鴟夷一去經千年，至今高韻人由傳。吳越興亡付流水，空留月照洞庭船。

曹朋的聲音很響亮，帶著那少年獨有的高亢之音。

荀衍心頭不由得一震，臉上旋即露出一抹淡淡的笑意：阿福，做的好詩！

雖說東漢末年，五言七言詩體剛興起，並未流行推廣。但是畢竟已經出現了，雖不是主流，卻也不是不能接受。再說了，曹朋現在的身分也只是一個小書僮，能做出此等詩篇，足矣。

張昭臉色陰晴不定，他雖想要指出毛病，可一時間又不知道如何開口。

這首詩描繪了太湖浩蕩無垠的秀美景色，同時又稱讚了范蠡功成身退的高風亮節。前四句，寫盡了湖光山色，極盡斡旋，清通奇麗；後四句又轉用平聲韻，讚范蠡遁隱五湖，懷古撫今。

震澤，又稱具區澤。

曹朋用這一首七言詩，似乎也表明了他個人的清高品質。

張昭神色複雜的看著曹朋，半晌後忽展顏而笑，撫掌而稱讚：「穎川荀氏，家學淵源。今日一見，果然是名不虛傳。」

就在這時，遠處傳來一連串的掌聲。

「我道何方雅士賦詩，原來是張子布。」

張昭連忙轉身，扭頭看了過去。這一看，卻令張昭喜出望外，臉上頓時浮現出燦爛的笑容。

居然是他？若他出手，大事定矣！

男人長得帥沒錯，但如果長得讓別人感到自卑，那就是大錯特錯。

說話的人，年紀大約在二十二、三，身長八尺，既不是那種魁梧壯碩，也非是單薄瘦弱。有時候，形容女人常用『多一分則胖，少一分則瘦』，這句話用在來人的身上，同樣適合。

胖瘦恰到好處，姿容更是俊美，臉頰的曲線很柔和，沒有刀削斧劈的稜角，但是讓人覺得很舒服。一襲青衫，罩一件月白色襌衣，長髮盤髻，覆一面方巾。步履中透著一股悠然的從容，顧盼間更顯傲然風姿。來人一出現，令眾人頓時生出自卑的感受。荀衍等人也算得上美男子，可是和來人一比，卻明顯落了下風。

和風捲衣袂，飄然若仙人，正是曹朋此時的感覺。

來人身後還跟著一個青年，也是相貌堂堂，衣著不俗。

這兩人一出現，立刻搶了所有人的風頭。

只一句話，令張昭頓時眉開眼笑。原因無他，只因這人一出現，解決了他一樁天大的麻煩。此次在太湖畔試探，張昭是有備而來，本想要藉此機會給荀衍一個下馬威，而後到了吳縣，便可以占居上風。哪知道荀衍還沒有出手，荀衍的小書僮就先行發難。那一闕七言雖非時代的主流，卻頗有清遠高潔之氣，如果張昭不能夠迅速應對出來，這一次試探反而會讓他丟了臉面。

要知道，曹朋現在的身分，只是個書僮。

張昭不免擔心，荀衍究竟是什麼水準？有道是盛名之下無虛士，荀衍既然有偌大的名聲，那必然是身懷絕學。他也不禁有些犯難……如果想在接下來的交鋒中占居主動，他就必須要給以回應。然則他學問雖好，文采也重，卻不是急智之人。

東漢末年，詩詞是小道，並不為人重視。一般是在流連於秦樓楚館之地時，消遣遊戲的小玩意兒，很少有人在這方面刻意鑽研。東漢的文人，重經典而勝於詩詞，這也和當時的文化風氣有關，所以說不得好壞。漢以後，文人開始注重詩詞文學，還是從曹丕登基之後。

所謂建安文風，正是由經典開始向文學轉變的一個過程。

至少就目前而言，文人很少去關注詩詞變化。即便是張昭，一時間也想不出好的對應文章。

「公瑾，你怎會在這裡？」張昭快步走向前，朝來人迎了過去。

荀衍一蹙眉，眼中露出疑惑之色。

而曹朋心頭則微微一動，『公瑾』？莫非是他嗎？

正猶豫間，來人已走上前。不過，他舉手投足間並沒有任何紈褲矜傲之色，而是恭恭敬敬朝著荀衍，搭手一揖到地：「小姪周瑜，見過叔父。」

荀衍一怔，旋即露出恍然之色。「周瑜？你是周伯珍之子，當年的洛陽小神童嗎？」

「叔父尚記得姪兒？」

「哈哈，我如何不記得你！想當年你滿歲時，伯珍府中設宴，你還在大兄懷中……哈哈！」

周瑜俊面，陡然通紅。

果然是周瑜周公瑾！

曹朋在一旁偷偷打量來人，心中暗自感嘆：人道美周郎，果然是俊美脫俗。這副相貌若在後世，不曉得會迷倒多少女人。

周瑜之美，並非陰柔。事實上，他臉型輪廓雖然柔和，卻頗有陽剛之氣。比起後世那些所謂的人造俊男美女，周瑜更顯自然，特別是那舉手投足間流露出的貴族之氣，更是讓曹朋感到慚愧。

清水出芙蓉，天然去雕飾。

這句話在後世，本是用來形容女人，可放在周瑜的身上，似乎比用在女人身上更為恰當。

周瑜是廬江舒縣人，也是祖世豪門世家。其堂祖父周景和叔父周忠，曾為太尉；而他的父親周異周伯珍，也出任過洛陽令一職。

聽上去，洛陽令只是個縣令。可在當時，洛陽是大漢帝都，即便是縣令，其規格也遠高於尋常。就好像後世的北京市市長，和鄭州市市長相比，雖然都是市長，但北京市的市長明顯高於鄭州的市長。兩者的規格不一樣，洛陽令看似不高，但卻不是什麼人都能做，什麼人都能當。

此外，周瑜的叔父周尚，是丹陽太守。

遙想當年，羽扇綸巾

黃巾之亂以後，周異被罷去官職，返回了老家，周瑜隨父親一同離開洛陽。

初平元年，也就是公元一九〇年，孫堅應關東諸侯之邀，出兵討伐董卓，同時把家從富春搬到了舒城。也就是因為這一次搬家，使得孫策和周瑜相識。兩人同年，當時都是十五歲，所以便成了好友。周瑜好客，性情慷慨；孫策豪邁，為人大方，兩人形同莫逆，後來周瑜更把自家城南的宅院讓給孫策一家，而且對孫策更是升堂拜母，兩人遂以兄弟之禮相待。

興平二年，周瑜前往丹陽，拜見周尚。時孫堅已死，孫策入歷陽，他在渡江時寫信給周瑜，周瑜便帶著人馬和糧草，迎接孫策渡江。後又和孫策先後攻破橫江、當利，接著又渡江攻破秣陵，擊潰笮融和薛禮，轉而攻占湖熟、江乘，進入曲阿，還擊潰了劉繇……

這時候，孫策已初具規模。他便對周瑜說：「以我現在的兵力，攻打吳縣和會稽，平定山越已經足夠。」

周瑜旋即便返回丹陽……畢竟他手下的兵馬，是他叔父周尚的兵馬，總不能一直跟隨孫策征討。不過，在周瑜返回丹陽之後不久，袁術便派他的堂弟袁胤，代替周尚做了丹陽太守的位子。周瑜隨著周尚返回壽春……此後，周瑜和孫策之間便減少了聯繫，不再來往。

周瑜才學出眾，即便是張昭，也為之敬佩。

不過，張昭也有些好奇。當周瑜拜見過了荀衍之後，他輕聲問道：「公瑾，你怎麼在這裡？此前我聽人說，你做了居巢長啊……」

「袁術，漢賊耳！我焉能從賊？」

袁術稱帝，便有了漢賊之名。

張昭聽聞，頓時喜出望外，「如此說，公瑾此來，便不走了？」

「嗯！」

「那有沒有告訴伯符？」

「這個……我途徑陽羨時，仲謀應該已經告知了。對了，我來為你引見一下……叔父，這是姪兒的好友，名叫魯肅，字子敬，原是東城長。」

對魯肅這個名字，荀衍倒是沒有太留意。

但曹朋心裡又是咯登一下，他駭然抬起頭，向周瑜身邊的青年看去：這就是那三國第一老實人嗎？

《三國演義》中，魯肅魯子敬堪稱第一實誠人，屢屢被諸葛亮所欺。後來還有一處單刀赴會的戲碼，更是把魯肅說得如小丑一般。加之《演義》中，周瑜心胸狹窄，氣量甚小，多次謀害諸葛不成，最終被諸葛亮氣死。使得前世曹朋對東吳眾將並無好感。

可是看眼前這周瑜，卻不是那種小氣的人，而魯肅看上去精明強幹，一身戎裝，更透出英武氣概。

這和曹朋印象中的魯肅、周瑜，好像不太一樣。但不得不說，曹朋覺得眼前這周瑜和魯肅，才是歷史中真正的周公瑾和魯子敬。

大江東去，浪淘盡，千古風流人物。故壘西邊，人道是三國周郎赤壁……

遙想公瑾當年，小喬初嫁了，雄姿英發。羽扇綸巾，談笑間檣櫓灰飛煙滅……

此等人物，又怎可能是小氣之人，又怎可能是那『妙計安天下，賠了夫人又折兵』的周郎呢?眼見周瑜風采，目睹子敬之英武，曹朋不由得有些恍惚起來。

周瑜此時則好奇詢問：「方才我聽有人在此賦詩，其意清遠高潔，莫非是叔父所做嗎?」

終於返回了正題，張昭不免有些羞愧。他輕聲道：「非休若所做，而是休若之書僮即興。」

如果剛才那一首詩真的是出自荀衍之手筆，張昭反倒不會如此。你堂堂名士，讓你作賦，你弄個非主流的七言，說實話，張昭反而有了藉口，可以小小的嘲諷一下。可問題是，那闕詩章卻是出於曹朋之手，他張昭偌大的一人，總不可能為此去找一個小書僮的麻煩吧?

再者說了，那首七言的確不錯，頗有意境。即便是張昭，也無可挑剔，他如果硬要去找麻煩，那就下作了……張昭就算是再不要臉面，也不可能去為難曹朋。

這年月的文人，品性很不錯。

當然了，偶爾會有些歪瓜裂棗的蹦出來，但總體質量，還是很不錯。

能尊為『名』士，這個『名』，有時候並不是單純的文化和才學，還包括了道德等各方面的綜合考究。若是道德不好，縱有才學，也未必能冠以『名士』之稱。至少張昭的道德並不差。
周瑜聽聞，不由得訝然。他好奇的看了一眼曹朋，臉上頓時流露出一抹溫和笑容。
「今日與叔父在震澤重逢，確是一樁喜事。又聞好詩，公瑾不免心癢，不若獻醜撫琴一曲，以應和今日之事？」
荀衍頓時笑道：「常聽人說，公瑾樂律無雙，今日我有耳福了！」
包括王朗在內的眾人，都紛紛點頭。
曹朋更是一副不置可否的模樣，站在荀衍身後，默默無聲。
不是他不想說話，而是他心裡有些緊張。此前，他接觸過很多人，包括一些特牛之人，但總體而言，那些人大都和他沒有衝突……可眼前的周瑜，卻注定了會和他成為敵人。別看周瑜姿容俊美，笑容溫和，可是在剛才看向他的那一眼中，曹朋清楚的感受到了一種壓力。
難道說，這就是傳說中的王霸之氣嗎？
曹朋也說不清究竟是什麼原因，這心思突然間變得紛亂，甚至還有那麼一點點的挫敗感……
忽而，琴聲響起。
就在曹朋魂遊天外的時候，張昭已命人在湖畔擺好了一應器物。
大凡張昭、荀衍這些人出遊時，都會做好萬全的準備。而周瑜此次舉家從舒城遷移過來，更帶的非常齊全。

曹朋清醒過來，抬頭看去，只見荀衍等人已圍坐在周瑜旁邊，靜靜聆聽琴聲。

周瑜的那副琴，也是用上等的桐木所造。不過琴弦頗有古怪，看上去平淡無奇，但隨著周瑜撥動琴弦，卻泛出一抹抹奇異的綠色芒影，猶如幽潭碧波之中泛起的綠漪波紋，層層散開。

曹朋不太懂得這音律之學，可是卻也能感受到琴聲之美。

一曲畢，那琴聲縈繞不絕，令人陶醉其中。

許久之後，荀衍長出了一口氣，輕聲道：「此曲，若天籟否？我曾聽人說，曲有誤，周郎顧……今日一見，方知此言不差。哈哈哈，江東果然是人才輩出，只聞一曲，某心願足矣。」

張昭、王朗和魯肅，紛紛表示贊同。一方面，他們是稱讚周瑜的琴聲，二來則是欽佩荀衍的胸懷。

曹朋所做的七言雖然絕妙，但是和周瑜的琴技相比，終究還是輸了一籌。

荀衍雖然沒有明說，卻在言語中表示出，曹朋的七言比之周瑜的琴技，終究是有所不如。

這，就是一種胸襟！

曹朋也不禁笑了……

又何苦在這裡自哀自怨？尺有所長，寸有所短。周瑜的琴技的確高明，除非……曹朋覺得，輸了似乎也沒什麼關係。在他想通的一剎那，這心胸和眼界，也隨之一下子變得廣了。

「此琴，莫非綠漪？」王朗好奇的看著周瑜身邊的古琴，忍不住問道。

綠漪，是古之名琴。相傳漢代泡妞大師司馬相如就是憑此琴走《鳳求凰》，打動了卓文君。

曹朋倒也聽說過這個典故，不禁也有些好奇。

周瑜微微一笑，「正是綠漪！」

「今日先得一闕七言，又聞公瑾之琴，足矣，足矣！」荀衍哈哈大笑，站起身，見道路已經通暢，於是笑道：「既如此，我們還是快些趕路，我已迫不及待想要一睹江東英才之風采。」

張昭恭敬起身，側身讓路。

對於荀衍，張昭此刻無比尊敬。

相比較，王朗雖然是使團的正使，但與荀衍一比，還是缺了些風範。

周瑜和魯肅也站起來，躬身送荀衍上車。

曹朋緊隨荀衍身後，突然間想起了一件事，猛然停下腳步，扭頭向魯肅看了過去。

魯肅從頭到尾並沒有表現的太出色，其人慎言，似乎不太喜歡說話，也不太喜歡表現自己。但那種沉靜，與周瑜的雄姿英發，形成了鮮明的對比。

他突然快走幾步，到了荀衍的身邊，在荀衍耳邊低聲說了幾句話。

荀衍一怔，也停下來，扭頭向魯肅看過去。

章九 遙想當年，羽扇綸巾

「子敬？」

「啊……學生在。」

荀衍展顏一笑，輕聲道：「子敬好手段，一招金蟬脫殼，卻把個袁公路玩弄於股掌之間。」

魯肅聽聞，先是露出茫然之色，但旋即……臉色大變！

章十　孫家有女

金蟬脫殼，是一種生物現象。

在《史記．屈原賈生列傳》裡，曾經出現過：蟬蛻於汙穢，以浮游塵埃之外。不過金蟬脫殼這個名詞，在東漢末年還沒有出現。所以大多數時候，人們都是用『蟬蛻』來進行解釋。

毫無疑問，從荀彧口中說出『金蟬脫殼』四個字，是源於曹朋。

歷史上，這個成語作為軍事計謀正式出現，應該是源自於宋代的《三十六計》。不過，其含義並不難理解。魯肅是個聰明人，一下子便聽出了荀彧的意思，不由得頓時心中一顫。

魯肅，出生於富豪之家，是淮南豪族。天下大亂時，他不僅不去治家事，反而大量施捨錢財，出賣土地，以周濟窮困，結交賢良，在東城一帶極有威望。為此，連袁術也對他生出了敬重之意，任他為東城長，也就是東城縣長。魯肅因此名揚淮南，甚至連周瑜也聽說過他的名字，對他也是非常的重視。

去年，周瑜曾拜訪魯肅，請求魯肅資助糧食。作為淮南最大的糧商，魯肅當時的情況並不太好，家中只剩下兩囷米，一囷約三千斛左右。魯肅毫不猶豫的指著一囷米，讓周瑜拿走。也因為此，兩人結交下深厚友誼，非常牢固。

早在去年，袁術敗走淮北，其治下法度廢弛。魯肅便看出袁術不足以成就大事，於是便生出叛離之心。但魯家家大業大，想要一下子撤離並不太容易，於是魯肅在盱眙買下雲山米行，做出魯家準備擴大淮南產業的姿態，同時又透過雲山米行，把家中的資產秘密轉移到了江東。而後他便投奔周瑜，和周瑜一起東渡江水。這件事他做的自以為很秘密，連周瑜也不清楚。

可荀衍這一句『金蟬脫殼』，一下子擾亂了魯肅的心思。

「子敬，你怎麼了？」周瑜看出魯肅有些心思不寧，便上前輕聲詢問。

魯肅目送荀衍登上馬車，使團緩緩啟程。他突然深吸一口氣，「公瑾，荀休若絕非等閒之輩。」

「這是當然！」周瑜笑道：「荀氏八龍之後，三若一豫最出眾。荀休若是三若之一，又豈是等閒？」

「不，我是說，他不像你我看上去那麼簡單。」

「此話怎講？」

「還記得我在東城變賣土地嗎?其實是我準備東渡的一個準備……我藉由在盱眙開設米行，囤積糧米為藉口，透過盱眙將家產秘密轉移到了曲阿。原以為我做的很隱秘，可是這荀休若竟然看出了破綻。他剛才說我『金蟬脫殼』，這四個字端地是最妥貼……」

周瑜一怔，輕輕點頭。對於魯肅轉移資產的行為，他還真不是特別清楚。上次去魯肅家中借糧，身為淮南第一大糧商，家中居然只有兩囷米，令周瑜感覺到很吃驚，只是當時他並沒有往深處去想。如今看來，當時魯肅已準備轉移產業，做好了叛離的準備。

相比魯肅，周瑜這次東渡長江，就顯得很倉促。只從這一點上，就能看出魯肅膽大心細，智謀過人。其人謀後而動，考慮事情也非常的周全。這也是周瑜對魯肅最為看重之處。

金蟬脫殼……真的形容的很貼切!在盱眙設下一個殼子，而後悄然脫身。

不過，荀衍竟然能看出魯肅的計畫，讓周瑜也有了警惕。

荀氏三若，友若、休若、文若，文若最強。相比之下，荀諶和荀衍被荀彧所掩蓋，倒顯有些平庸。周瑜一直把荀衍看作長輩，但事實上要說周瑜對荀衍有多麼重視，倒還真的說不上。

也許，自己看走了眼?周瑜那雙璀璨如星辰般的眼睛，眼角一挑，閃過一抹精光。

「看破又能如何?」他輕聲笑道:「荀休若還不至於如此量窄，壞人的好事。」

魯肅點點頭，「咱們快點跟過去，順便詢問一下張子布。」

「正合我意。」

周瑜和魯肅兩人飛身上馬，追上了張昭的車馬。隨後，兩人登上馬車，與張昭在馬車裡，認真交談起來……

吳縣的歷史，非常久遠。

遠在商朝末年，周太王長子泰伯和次子仲雍為避讓王位，從岐山腳下的周原本荊蠻之地，在梅里與當地土著結合，建立了勾吳。西周初，武王克商後，封泰伯五世孫周章為吳子，吳國始名列諸侯。公元前五一四年，也就是闔閭元年，伍子胥修築闔閭大城，便是今之吳縣。

後歷經吳越之戰，戰國更迭，吳縣從一個邊荒小城，逐漸演變成了江東地區最為繁華之地。

最初，吳縣屬會稽郡。在永建四年，也就是一二九年，會稽郡一分為二：錢塘以西，設置吳郡，以吳縣為治所；而會稽郡則遷徙治所到山陰縣，從此形成江東二郡。

這裡，在後世，就是被譽為人間天堂的蘇州。

抵達吳縣時，天色已晚。

孫策率江東諸臣出吳縣十里相迎，顯示出對使團的足夠重視。不過曹朋並沒有見到孫策，因為荀衍早在抵達之前便離開了馬車，乘馬和王朗、張昭一同行進。

這，同樣也是一種對孫策的尊重。

曹朋和夏侯蘭坐在車上，隨大隊人馬進入吳縣城門，隨即便被孫策派來的使者，安排到了吳縣最為華麗的驛館中歇息。而荀衍等人則因為出席酒宴，所以沒有一同入住驛館。

丹徒一戰，曹朋和夏侯蘭在使團之中，立下了足夠的威望，所以使團非常自覺的把一套很寬敞的跨院先行安排出來。這跨院裡，設有獨立的馬廄、迴廊和庭院……應有盡有，屋後還有一座竹林，顯得很清幽。

曹朋和夏侯蘭逕自把馬車趕進了院落，並招呼幾名家將，搬運馬車上的行李。

一名驛館小吏，緊隨左右。這也是江東方面給予荀衍的重視，專門安排了一名小吏，隨時等候召喚。若有任何不滿或者不足，可以透過小吏傳遞上去。

小吏的年紀倒也不大，約二十上下，身材不算特別高，但是給人一種幹練的感覺。他皮膚黝黑，手掌粗大，似乎是久務農活所致。但氣質很好，有一絲書卷氣，談吐恭順篤慎，頗有條理。他隨著曹朋站在門廊上，看著幾名家將自行忙碌，而曹朋卻不過去幫忙，不由得有些好奇。

就在這時，兩名家將抬著一個箱子從車上下來。

也許是由於長途跋涉的緣故，那箱子底部有些鬆了，加之箱子沉重，才一離開馬車，就聽呼啦一聲，箱子裡的書卷就散落地上。荀衍好讀書，即便是出使江東，也會帶一箱子書籍。

曹朋一見，連忙跑了過去：「快點把書收好，否則先生回來，必然責怪。」

而後，他回身對小吏道：「可否請先生辛苦，找個箱子過來？」

「喏！」小吏連忙答應，飛快跑出去，不一會兒便扛著一個木箱進來。

看著一地的書卷，曹朋也有些頭疼，「先把這些書都放進屋子裡，然後我再進行整理吧。」

每一卷書，和什麼書放在一起，那都是有講究的。

曹朋把箱子放進房間，然後和家將一起把地上的書卷都撿起來，再放在房間的地板之上。

小吏很機靈的又取來兩支大蠟，在房間裡點上，而後站在門口，看著曹朋收拾那些書卷。不過看了一會兒，他突然一蹙眉頭，上前一步道：「要不，我來幫你收拾？」

「嗯？」

「你把書卷擺錯了位置。這卷《韓詩》，不是和《詩》放在一起。還有這幾卷，也都錯了。」

「你識得字？」曹朋不禁好奇問道。

「嗯，讀過一些書。」

小吏說話，帶著很重的口音，不過大致上曹朋能夠聽明白。當下他挪開了身子，請小吏上前幫忙。

那小吏也不客氣，在一旁坐下，一邊幫著擺放，一邊熱切的看著那些書卷，眼中光芒灼灼閃動。

「你喜歡讀書？」

「那是自然……」

小吏和曹朋有一句，沒一句的交談起來。

「既然識得字，為何在這驛館中，屈身為吏呢？」

「這個……」小吏看了曹朋一眼，露出黯然之色，輕聲道：「我家祖世農夫，到了我這一輩，偏好讀書。加上我兄弟姐妹也多，所以也沒有那麼多田地分配。去年吳侯攻占了會稽，在本地徵發徭役。我鄉里大戶不願應徵，可是又不敢不來，於是就在鄉鄰中招募人手，來頂替徭役。反正我在家也沒什麼事情，所以便去報名……嘿嘿，為此那大戶還送我兩卷書呢。」

小吏言語中，透著輕鬆。好像代替別人徭役，兩卷書便足矣，一副滿足的表情。

「是什麼書？」

「嗯……一卷《乾象曆》，還有一卷《九章算術》。」

《乾象曆》？曹朋沒有聽說過。但《九章算術》之名，他倒是知道。

「如此說來，你精通算學？」

小吏撓撓頭，笑了，「哪說得上精通，只是略知而已。」

在小吏的幫助下，曹朋很快便收整完畢，與那小吏一起合力，把木箱擺放在了屋子的角落。

「我叫曹……哦，荀朋，還未請教。」曹朋一嘟嚕嘴，差點說漏了。幸好他反應得快，所以把話又糾正過來。

小吏則笑了笑，「在下闞澤，是會稽山陰人。這段時間我負責招呼休若先生，如果有什麼事情，你就告訴我，我會盡量幫你解決問題。」

「如此，就麻煩你……」曹朋說到一半，突然閉上了嘴巴。

闞澤？眼前這小吏，是闞澤嗎？

《演義》中，闞澤在赤壁之戰中登場，是孫權的謀士。他也是第一個識破了周瑜打黃蓋的苦肉計，並自告奮勇，向曹操獻詐降書。後來被曹操識破，他卻能面不改色，並用一番妙言，使得曹操相信了詐降書。此人，也是赤壁之戰中的關鍵人物。後來劉備為關羽報仇，親征東吳時，又是闞澤舉薦了陸遜，之後才有了劉備白帝城託孤的戲碼……

曹朋是真沒有想到，日後東吳如此重要的謀臣，如今卻在這驛館中擔任小吏，而且還是頂替他人。一時間，曹朋有些迷糊。這闞澤到底是不是後來苦肉計中的那個闞澤呢？

「荀小弟，荀小弟？」

「啊，什麼事情？」

「如果沒什麼事的話，我就先告辭了……哦，我就住在驛館門房，如果有什麼事，派人招呼一下就好。」闞澤微笑著，搭手告辭。

曹朋猶豫一下，掃了一眼角落裡的書箱，再看向對方：「闞大哥。」

「啊？」闞澤停下腳步，轉身疑惑看著曹朋，「你叫我嗎？」

「呵呵，你年紀比我大，叫你一聲闞大哥也是理所應當……你且等一下。」說著，曹朋轉身打開自己的包裹，從裡面取出一卷書，而後快走幾步，到了闞澤跟前，塞進闞澤手中。

「這是……」

「這是我平日讀的書，我看闞大哥你好書，而且剛才幫了我那麼多忙，無以為報，這卷書就借給你看。等你什麼時候不想看了，再還給我……你平時若想要看書的話，就來找我。只要我家先生不在，這裡的書，你只管看就是。不過呢，嘻嘻，你得幫我多收拾一下才行。」

「這裡的書，我都可以看嗎？」闞澤的眼睛灼灼放光，露出驚喜之色。

曹朋笑了一笑，用力點了點頭。

闞澤興奮的接過曹朋的那卷書，然後搭手一揖到地，表示感謝。

看著他踉蹌離去的背影，曹朋這心裡面突然多出了一份感慨……未曾清貧難成人，不經打擊老天真；自古英雄出煉獄，從來富貴入凡塵。這是他前世收到過的一則手機簡訊，如今想起來，確有那幾分道理。清貧，對有些人而言，是一種痛苦；但對有些人，卻是寶貴財富。

但不知，如今的闞澤，是否已經從煉獄中走入凡塵了呢？

章十　孫家有女

想到這裡，曹朋輕輕嘆了口氣。

當晚，荀衍和王朗很晚才返回驛館。

荀衍有些醉意，所以回來之後，甚至沒有和曹朋說話，便早早歇息。

今天只是接風洗塵酒，雙方並沒有進行實質性的磋商談判。明天，才算是博奕的開始……

一夜無事，曹朋第二天起了個大早。闞澤已準備好了洗漱的用具，曹朋先用青鹽漱口，而後又用皂角洗面。待整理乾淨之後，他喚醒了荀衍，並伺候著荀衍洗漱妥當。吃過早飯以後，曹朋便隨著荀衍，一同前往吳侯府。

這是第一天正式商談事情，正副使都必須出席參加。

吳侯府，其實就是早先的吳郡太守府。

府門外早已是列隊整齊，孫策身穿一襲大紅色襌衣，在府門外迎接。按照周禮，初夏時著紅色，所以不僅是孫策，包括荀衍、王朗等人，也是這樣著裝。

曹朋如今是書僮的身分，所以不需要在意這些規矩，只穿了一件灰色長袍。

他站在荀衍身後，仔細的打量孫策。

但見這位江東小霸王身高差不多在八尺左右，比周瑜略低，可體型比之周瑜又顯得敦實粗壯。姿容極美，面似璞玉，目若朗星。果然不愧是和周瑜齊名的孫郎，相貌絲毫不輸周瑜。而且，和周瑜比較起來，孫策的陽剛之氣更重，舉手投足之間流露出豪邁之氣。

將荀衍等人迎進了吳侯府，曹朋便自動留在前庭。

一應隨從三五成群聚在一起，交頭接耳，竊竊私語。曹朋顯得有些格格不入，一個人孤零零坐在廂房的迴廊上，手中把玩著鐵流星，腦海中卻在思忖著另外一件事。

也不知道過了多久，忽聽有人喝道：「哪一個是荀朋？哪一個是荀朋？竟敢視我江東無人？」

是個女孩子的聲音！

曹朋抬起頭，露出疑惑之色……

「你就是荀朋？」站在曹朋面前的女孩兒，大聲問道。

嗯，是女孩兒，不是女人。她估計也就是十二、三歲的模樣，不過一身大紅色戰袍，使得她看上去比實際年齡成熟許多。臉上還帶著稚氣，一副惱怒的小模樣，倒是讓人看著很可人兒。

曹朋一下子沒能反應過來荀朋是誰，但周圍那些使團的護衛不約而同的向他看過來，已暴露了他的身分。

在這紅衣女孩兒出現的瞬間，庭院裡的警戒一下子提高了好幾個等級。那些原本有些鬆散的江東軍卒，忽然間變得殺氣騰騰。十幾名軍卒悄然上前，一下子便切斷了曹朋和使團護衛之間的聯繫，等到使團的護衛反應過來，想要過去和曹朋站在一起，已經有些來不及了。

曹朋把玩著鐵流星，半晌後道：「我就是荀朋。」

當了這麼多天的書僮，還是有點不適應荀朋這個名字……

曹朋不知道眼前這女孩兒究竟是什麼來路，但看這架式，分明是來尋事。既然是尋事，那他也不會客氣。所以，他依舊穩穩的坐在門廊上，眸光掃過女孩兒，然後朝她的身後看去。

十幾個侍婢，跨刀負弓，頗有些巾幗不讓鬚眉之勢。

「大膽！小小家奴，見到我家小姐，還不過來行禮！」一個侍婢見曹朋大馬金刀的坐在門廊上，頓時勃然大怒，厲聲呵斥。

曹朋眉頭一蹙，「我是書僮，妳也不過是個侍婢，妳又有什麼資格說我？沒看見我和妳主子說話，妳一個小小侍婢，也敢擅自開口。真不知道這吳侯府中，到底有沒有規矩？」

「你……」

「你什麼你？也不去打聽打聽，今兒是什麼日子。妳一個小姑娘家家不在後面老老實實待著，卻舞刀弄槍的跑到這裡。吳侯是怎麼管教妳的？難道說妳沒有讀過《女誡》，不懂得規矩？」

曹朋的性子一向剛強。別看他平時文文弱弱，可如果有人欺上門來，他斷然不會低頭。

這幫女孩子明顯就是來找事，那他自然也不會客氣。人常言，好男不和女鬥。可問題是，有些時候你不能一味客氣。看這些咋咋呼呼的女人模樣，如果低頭，反而有可能徒遭羞辱。

小女孩兒氣得咬碎銀牙，眼中噴著怒火。鬥嘴，她還真不是曹朋的對手。

羞怒之下，她手指曹朋，「還不給我教訓這狗才！」

兩個侍婢從女孩兒身後閃身站出，拔出寶劍就要衝過來教訓曹朋。

在她們看來，曹朋一個小書生的模樣，估計也就是牙尖嘴利，並沒有什麼不好對付的地方。哪知兩個女婢才剛邁出一步，一道暗紅色芒影，呼嘯著就飛過來。

侍婢揮劍，鐺的劈在那芒影上，只覺手臂一震，一股奇詭的螺旋勁力湧來，頓時令她二人身子一麻，再也拿不住那寶劍，噹啷掉在了地上。

曹朋起身，踏步向前兩步，伸手將鐵流星抓住，旋即退回原處。

那暗紅色芒影正是他手中的鐵流星。練好鐵流星，必須要眼明手快！曹朋的鐵流星，遠遠達不到出神入化的水準，但是一些獨特的手法和技巧，在這個時代而言，稱得上『高明』二字。特別是經過這兩、三個月的刻苦練習，曹朋已經能將暗勁揉入其中，威力非同小可。

兩個侍婢當場就愣在了原地。

而曹朋手裡的鐵流星則飛快轉動，看著她們道：「看妳們是女人，懶得和妳們計較。如果再敢上前一步，下一次就是打妳們的臉，到時候毀了容，可別怪我辣手摧花。」

「小賊，你好猖狂！」紅衣女孩兒氣得渾身打顫，厲聲喝道。

「我猖狂不猖狂，輪不到妳來評價。我只知道，人不犯我，我不犯人；人若犯我，我打得他哭爹喊娘……看妳這打扮，也是大戶人家的小姐，不好好學女紅，不去練習琴棋書畫，不在房裡讀《女誡》，卻舞刀弄槍的，全無半點矜持。我家先生是朝廷所任使者，妳跑過來尋我是非，究竟是哪一個在猖狂？」

「小賊，我殺了你！」

「有本事，妳只管來……難道只知道仗勢欺人嗎？」

女孩雙頰透紅，反手從一個女婢手中抽出寶劍，「你們誰都不許過來，我定殺了這小賊不可！」

孫策等人正在議事廳中商討事情，忽聽外面一陣喧譁，令孫策心生不快……

在座的是朝廷使者，更不乏道德高明之人。這般喧譁，豈不是說他沒有家教，缺乏約束？孫策連忙派人出去詢問，可得來的消息，卻讓他哭笑不得。

「主公，是大小姐。」

「大小姐？阿香又怎麼了？」

「大小姐不知道是怎麼了，帶著人尋荀先生隨從的不是。」

「啊？」孫策聽聞，呼的長身而起。

荀衍則臉色一沉，問道：「吳侯，這是怎麼回事？」

「這個……唉，咱們先過去，待攔住阿香，再與先生賠罪。」

荀衍心裡很不高興。在吳侯府中，曹朋如果被人欺負了，那就是赤裸裸打他的臉面。所以，荀衍自然不會有好臉色，起身隨著孫策往外走。

張昭小跑到荀衍身旁，輕聲道：「休若不要動怒，這裡面肯定有誤會。大小姐是吳侯的妹妹，二人相差近十多歲，平日裡一直跟在老夫人身邊，所以不免有些嬌慣……你可千萬不要誤會，此事絕非是針對先生，恐怕是有一些小誤會……」

吳侯的妹妹？荀衍眉頭一蹙。

「休若有所不知，烏程侯生前有一妻一妾，乃孿生姐妹。吳侯等皆出自吳夫人，大小姐則是小夫人所出。吳夫人走得早，所以吳侯兄弟都是小夫人一手帶大，猶如己出。他兄弟一向親善，對大小姐更是寵愛無比。可偏偏大小姐不好紅妝，平時喜歡舞刀弄槍，有一些……」

張昭也不好說得太明白，但荀衍大致上已經明白了這位大小姐的來歷，臉色還是很難看，不過卻也不好再說什麼。

一行人穿過迴廊之後，很快便來到了前廳，正好看到那兩個侍婢被曹朋用鐵流星擊落寶劍。孫策到了嘴邊的話語又嚥了回去，他眼睛一亮，停下腳步來，在暗中打量起曹朋。

紅衣女孩兒被曹朋訓斥得面紅耳赤，拔劍要殺曹朋。

孫策這才出聲喝道：「小香，住手！」

曹朋此時，左腳向後撤了一小步，已做出了半步崩拳的發勁準備，耳聽有人呼喝，他也就鬆了一口氣。看得出，這紅衣女孩兒的來頭不小，所以他也不想鬧得太過嚴重。如果真要出手的話，估計這小女娃擋不住他一拳之力。這時候有人喝止，他也正好下臺。

只不過，曹朋卻忽視了小女孩兒的驕縱和剛烈。當著這麼多人的面，被曹朋罵得沒有還口之力，小女孩兒這心裡面早就怒不可遏。她從小被母親和兄長們嬌慣著，脾氣自然很大，雖然聽到了孫策的呼喊聲，可這手上的寶劍卻沒有半分要停下來的架式。

明晃晃的寶劍，帶著一股撕空厲嘯聲，朝著曹朋就砍去。

荀衍不禁大驚失色，連忙喊道：「阿福，小心！」

曹朋也沒想到，這女孩兒居然如此不知好歹。見那女孩兒出手狠毒，全然一副要自己性命的架式，

曹朋也怒了！

右腳向前滑出一步，左腳猛然一蹬。氣貫全身，一拳護胸，一拳轟出，同時身體有一個幅度很小的抖動。手中鐵流星驀地脫手，夾帶萬鈞之力飛向女孩兒。只聽鐺的一聲響，那小女孩兒手中的寶劍被鐵

流星一下子震飛了出去，鐵流星去勢不減，依舊凶猛的撲向小女孩兒的面門。

「兄弟，手下留情！」孫策驚聲呼喊，踮步就衝下門階。

只是，曹朋這暗器出手的太快，眼見著就要砸在女孩兒的面門上。

女孩兒被曹朋這凶猛的一擊給完全嚇住了，看著鐵流星飛來，竟然不知道躲閃。

好在，曹朋並沒有打算下毒手。

鐵流星脫手之後，他腳下迅速移動，連走兩個小步，搶到了女孩兒身前，蓬的一下子，將那枚鐵流星抓在手裡。鐵流星的爆發力很強，但是曹朋並沒有留後勁，所以在崩飛了女孩兒手中的寶劍之後，已經沒有多大勁力。曹朋抓住鐵流星之後，再次崩拳，凶狠轟擊。

也就是這時候，孫策的喊叫聲入耳，曹朋的拳頭硬生生停在了小女孩兒的面前，幾乎是貼著她的臉。小女孩兒被嚇壞了，閉上了眼睛，只感覺到一股勁風撲面，嚇得她心裡怦怦直跳，那雙頰慘白，再也沒有早先凶神惡煞的氣勢。

曹朋看著她那小模樣，心裡一軟。手掌一翻，屈指在小女孩兒的鼻子上刮了一下……

「多謝這位兄弟，手下留情了。」

孫策的動作很快，可畢竟隔著一段距離。等他到了跟前的時候，曹朋已經收手，退到門廊前站定。

曹朋搭手躬身一揖，「剛才不得已出手，有得罪之處，還請吳侯見諒。」

孫策凝視曹朋半晌，突然哈哈大笑：「久聞荀氏人才輩出，今日一見，果名不虛傳。」

說話間，他猛然邁大步跨出，朝著曹朋呼的就是一拳。這一拳轟出，聲勢格外驚人，力道剛猛無儔。

荀衍連忙大聲叫喊，卻見曹朋頓足擰身，右腳一弓，左腳一蹬，揮拳就迎向孫策的拳頭。

「吳侯，手下……」

蓬！一聲悶響，孫策的身子晃了一下。而曹朋則蹬蹬連退兩步，一隻腳踩在門階木板上，只聽喀嚓一聲，把那木板頓時踩成兩段。

臉變得通紅，半晌說不出話，孫策這一拳頭著實讓曹朋吃了點小虧。

不過呢，孫策應該是沒有用全力，曹朋能感覺到，孫策應該是留著勁兒，剛才那一拳，收回了至少兩成力道。若是這傢伙全力出手，估計曹朋這會兒也站不住。但即便如此，那拳頭上的力量還是憋得曹朋有些喘不過氣，半晌才算是平定了胸中的一口血氣……

江東小霸王，果然名不虛傳！

曹朋和呂布交過手，和典韋過過招。孫策比之二人，明顯差了一些，但仍不是曹朋現在可以比擬的。

荀衍氣呼呼的過來，厲聲喝問道：「吳侯，你這是什麼意思？」

孫策微微一笑，看了一眼曹朋，「休若先生勿怪，你這小書僮，果然有些手段。只是說話不要太狂了，否則會有殺身之禍。阿香就算再不對，也輪不到他教訓，我孫家自有家法處置。」

要知道，曹朋剛才訓斥小女孩兒的時候，可是說小女孩兒沒有家教。

孫策即便明知是自家妹妹做的不對，也不可能任由曹朋在吳侯府中張狂。他這一拳，既維護了吳侯府的面子，也顧住了荀衍的臉面。他孫伯符好歹也是朝廷冊封的吳侯，也算得上當世少有的虎將，在江東更是號稱小霸王，縱橫疆場，無人可以匹敵。曹朋輸給孫策，算不得太丟人，就算傳揚出去，人們也會說：看見沒有，這就是那個和吳侯交手的小傢伙。

荀衍並不愚蠢，在轉眼間，就明白了孫策的意圖。

他凝視孫策半晌，而後扭頭問道：「阿福，你沒事兒吧？」

「回先生，吳侯方才手下留情，阿福沒有大礙。」

「既然如此，咱們走。」荀衍一甩袖子，扭頭便走。他這同樣是在做戲，也是為了保持自家顏面。

孫策微笑不語，朝著曹朋道：「阿福，你武藝不差……十年之內，必能與天下英豪爭鋒。」

曹朋雖然平定了血氣，可還是感覺有些發悶。他一搭手，「吳侯，那時候我再領教吳侯的高妙。」

說罷，曹朋隨著荀衍，大步向吳侯府外走去。

王朗想要過去勸說，卻被張昭攔住……

章十　孫家有女

曹朋心裡面還有些奇怪：這女孩兒是誰？好端端，幹嘛要找我的麻煩？

當他快要走出侯府大門的時候，紅衣女孩兒突然跑到孫策身旁，大聲喊道：「小賊，我不會放過你的……記住，我叫孫尚香。早晚我必報今日之辱……哼，你最好是小心一點！」

曹朋一隻腳已邁出侯府門檻，聽到女孩兒的叫喊聲，他腳下一個踉蹌，差點被絆倒。

孫尚香？這女孩兒，居然是孫尚香！

章十一 指點迷津

天黑了，吳侯府重歸寂靜。

孫策獨坐於屋中，小心翼翼的把一層藥膏塗抹在手上。只見他手背指骨上，略有紅腫跡象。篤篤篤。房門敲響。

「誰！」

「伯符，是我。」

孫策起身走到門口，把房門拉開。周瑜站在門外，略施一禮。

兩人同年，但論生月，孫策比周瑜大些，故而為兄長。

他也不和周瑜客套，轉身回到原處坐下來。周瑜則走進房間，鼻子微微一聳動，眉頭蹙起。

「伯符，身體不適嗎？」

「呵，我身體強壯得很，哪有不適？」

「怎麼這麼濃的藥味。」

孫策一指書案上的藥膏，然後伸出手來。「今日和荀休若的童子對轟一拳。當時還不覺得什麼，可晚飯時就發現手掌有些不太舒服。」

就著燈光，周瑜清楚的看到了孫策手背上的紅腫。「那小子竟如此厲害？」

周瑜不禁有些吃驚。孫策的身手有多強悍，他心裡很清楚。十五歲兩人結識的時候，等閒十幾壯漢也非孫策對手，此後征戰近十載光陰，孫策的武藝越發高明，已到超一流武將的水準。至少在周瑜看來，天下間能與孫策正逢之人，屈指可數。沒想到，今天居然受傷。

孫策劍眉扭成一團，「那個荀朋的身手有些古怪，對力量的掌握幾乎是爐火純青，但要說能傷我，還不太可能。不論是從各方面而言，也不過二流……可你也看到了，那小子的確是傷了我。可他也不會太好過，我一拳至少亂了他的血氣，沒有幾天工夫，估計他無法與人再交鋒。」

周瑜這才鬆了口氣。「今天這事情，到底是怎麼一回事？荀休若的這個童子，我不是很瞭解。他詩才不錯，之前在震澤畔，曾賦一闕七言，其詩文清麗，給人感覺不是那種狂傲之人。」

「哈，能被公瑾稱讚，想來那首詩應當不錯。我問過阿香，據阿香說，之前韓綜在丹徒曾與他有過衝突，荀朋曾言說江東無人之語。不過我估計啊，是韓綜那小子輸不起，所以胡說八道，搬弄是非。我已命虞仲翔接掌賊曹，讓韓綜去山陰隨賀公苗一起征討山越……」

「大丈夫在世，當頂天立地，輸不害怕，可效那小人之事，搬弄是非，絕非善良之輩。義公老將軍一世英雄，卻被韓子橫給敗了個乾淨。」孫策嘆息一聲，頗有些恨鐵不成鋼之意。

周瑜沉默片刻後，輕聲道：「韓子橫為何前往丹徒？」

「呃，這個我還真不是太清楚。這段時間我一是忙於朝廷來使，二則準備奪取丹陽。想必你也知道，祖郎得了袁術挑撥，意欲和我為敵。還有太史慈盤踞蕪湖，是我心腹之患。若不得丹陽，則江東難有寧日。只是……祖郎坐擁丹陽本地，頗有威望；太史慈亦是驍勇之人，非我無人可敵。此二人必須早日平定，否則必生禍端。」

「韓綜是吳郡賊曹，去丹徒想來是捉捕盜賊，我還未曾詢問過此事。怎麼，公瑾莫非聽說了什麼事情？你不說我還不覺得什麼，你剛才這一說……我倒是奇怪了。」

周瑜陷入了沉默。而孫策敏銳的覺察到，周瑜似乎有難言之隱。

「公瑾，究竟是怎麼回事？」

「我……途經陽羨時，仲謀與我說起一樁事情。」

「什麼事情？」

「這個，我說了，你可不要發怒。」

孫策更覺不妙，臉上更透出一抹凝重之色。「公瑾，休得吞吞吐吐，但說無妨。」

周瑜嘆了口氣，在孫策耳邊竊竊私語。孫策的臉色從凝重漸漸變得鐵青，虎目圓睜，雙手握拳，猛然間蓬的一聲擂在了書案之上：「豎子焉能做此等事！」

「伯符，制怒！」

孫策站起身，在房間裡徘徊。半晌後，他低聲吼道：「李逸風此計恁毒，有傷天和，有傷天和啊……若此事傳揚出去，我孫氏還有何面目立足江東！這等事情，這等事情我聽著就作嘔，仲謀怎能如此做呢？」

周瑜沒有說話，只是靜靜看著孫策。

「那……可曾捉到那人？」

「未曾。」

「韓子横無能！」孫策氣得抬腳踹翻了書案。

深吸一口氣，他閉上眼睛，沉吟片刻後問道：「如此說來，是荀休若收留了賊人？」

「那倒不一定。」周瑜輕聲道：「子布說，他後來與伯海曾仔細盤查清點，未曾發現賊人蹤跡。而且這一路上，子布一直留意荀休若。你也知道，荀休若性子孤傲，和王景興並未有什麼交集，甚至連吃飯也都是獨自安排……他身邊除了十名家將，就是那荀朋和荀蘭二人，既沒有過人數的增加，也沒有過人數的減少，所以還真不好說是荀休若留下賊人。」

「荀蘭又是誰？」

「是荀休若之馭者。據說，那荀蘭的身手也很高明，恐怕還在荀朋之上。」

「穎川荀氏，果非等閒。」孫策平靜了一下情緒，慢慢坐下來。

周瑜倒了一杯酒，遞給了孫策，勸道：「伯符，你也莫要責怪仲謀……他也是為你著想。他之憂慮，並非沒有道理。江東士族多有部曲，若不能為己用，早晚必成禍害。陸氏與顧家，不僅僅是吳郡大族，還是江東士族的代表，此二者若結為親家，其危害也當真不小。」

孫策抬頭，獰聲道：「江東士族又能如何？若膽敢生事，我滅了他滿門便是。陸家人我又不是沒有殺過，難道我還怕了他們不成嗎？」

「伯符啊，你這脾氣……沒錯，你可以殺了陸家人，殺了顧家人。可你有沒有想過，朱治、全柔、呂范、賀齊，哪個不是士家子弟？你能殺得了所有人嗎？仲謀這一點倒是沒有錯，分化拉攏，使其為你所用，而後慢慢將其部曲蠶食，方為上上策。伯符，你得控制脾氣才是。」

若換一個人這麼說，孫策老早一拳就轟出去。但周瑜說出這番話來，令孫策不得不認真去考慮：

「那你說怎麼辦？」

「荀休若必須要繼續監視，同時密令伯海，自丹徒嚴密搜索。如果那賊人沒有被荀休若收留，一定還藏在丹徒附近。不過，伯海一個人恐怕有些力有不逮，可命一心細之人前往，配合伯海就是。」

「對了，子敬你也見過。他正好要去曲阿整頓家業，不妨給他一道密令，讓他協助伯海。子敬膽大心細，而且素有謀略，可以託付大事……有他協助伯海，你大可不必再費心此事。」

孫策猶豫了一下，最終還是點頭答應。

他倒是知道魯肅這個人，畢竟當初他也在袁術手下做事，而東城魯氏又是淮南第一大糧商，他焉能不知曉？不過，他和魯肅並不熟悉，但既然周瑜舉薦，孫策也樂得做順水人情。

「既然如此，就委屈子敬暫為伯海別部司馬，你看如何？」

「善！」周瑜點頭贊成。

這時候，門外傳來婢女的聲音：「吳侯，老夫人請您過去，說是有事情要和您商議一下。」

「唔……定是阿香又與母親訴苦了。」孫策苦笑著，站起身來。

而周瑜也起身，和孫策一同走出房間。

「伯符，有一句話，我不知當不當講。」

「你說。」

「你對小香有些太驕縱了。」

「嗯？」

「我知道，你是孝子。老夫人也是溫和性子，平時待你們都很好。可小香這樣子不習女紅，反而整日裡舞刀弄槍，恐不成體統。你如今已被冊封吳侯，更應該留心才是，莫被人恥笑。」

孫策想了想，頗以為然。「這樣吧，待我平定了丹陽之後，一定會好生管教阿香。」

「還有一件事……」

「公瑾，你今天恁囉唆。」

「這可是正事！」周瑜正色道：「嫂嫂故去，你心裡難受。可已經過去幾年，紹兒也長大了，需要有人教導。你整日忙於征戰，總需要有個人顧著家裡，難不成一直麻煩老夫人？」

「這個……」孫策雙頰微紅，露出幾分尷尬。「以後再說、以後再說！」

說完，他狼狽而走。

周瑜看著孫策的背影，也是頗有些無奈的搖了搖頭。

「噗！」曹朋坐在房間裡，吐出一口鮮血。

「阿福，你沒事兒吧？」夏侯蘭緊張的看著他，一臉關切之色。

回到驛館之後，曹朋便覺得有點不適。他知道，自己在吳侯府和孫策對轟一拳，還是造成了一些傷害。表面上看，他僅僅是略處下風，可他明白，自己已經用了全力，而孫策卻還留有後勁。這傢伙的力氣太大，怪不得被人稱之為江東小霸王。

所謂一力降十會，曹朋雖說精通各種勁力，但是在絕對的力量面前，技巧並非萬能。至少從早先的呂布、典韋，到如今的孫策，他們或許沒有曹朋那樣掌握勁力的技巧，可是依舊能輕鬆的將他擊敗。

十年……這就是十年的差距！

曹朋突然笑了，不曉得孫策能否活過十年呢？

「子幽，我沒事兒……只是憋了一口氣，這口血吐出來，也就沒事兒了。」

「那就好。」夏侯蘭鬆了一口氣，回到榻上坐下。「這孫伯符，真有那麼厲害？」

「和你我相比，自然厲害。但是……」曹朋想了想，「如果和呂布，或者典韋過招，恐怕還略有遜色。他和許叔父大概伯仲間，但兩人若想分出勝負，至少也要百十個回合。曹公帳下，能與孫伯符相抗衡的人，應該不算太多，除了典叔父和許叔父之外，夏侯將軍可與之相爭。」

「不曉得他與子龍相爭，會如何呢？」

「這個，還真不好說。」

一個是常勝將軍，傳說一生未嘗敗績；一個江東小霸王，令曹操也為之感到忌憚。這兩個人還真不好說誰一定能夠取勝，畢竟沒有交過手，曹朋也很難說清楚。除非，孫策能一直活著，早晚必能和趙雲一戰，但問題在於，曹操能容忍孫策活下去嗎？

孫策和孫權這兩兄弟，都曾得到過曹操的稱讚。

比如孫策，曹操讚他『獅兒不可與之爭鋒』；對孫權，曹操卻用了『生子當如孫仲謀』的讚語。表面上看，似乎沒什麼區別，但如果仔細揣摩，就會發現曹操對孫策的忌憚遠勝於孫權。

『獅兒不可與之爭鋒』，那是把孫策擺在了對等的地位而言。

『生子當如孫仲謀』，卻是把孫權看作了晚輩。這一點，從後來曹操和劉備青梅煮酒論英雄的言語中就能看出端倪。在曹操眼中，孫權不過是憑藉了父兄之餘蔭，才能夠立足江東。

當然了，也正是這種輕視，令曹操慘敗於赤壁。

曹朋坐在榻上，閉目養神。而夏侯蘭也不打攪他，逕自躺下來休息。

腦海中，不斷浮現出孫策的拳頭，還有呂布那驚天的一戟。曹朋隱隱約約有一種體悟，他覺得自己似乎已開始觸摸到一流武將的門徑。一流武將和超一流武將，究竟有什麼區別呢？事實上，曹朋自從和呂布一戰後，便一直在考慮這個問題。

此時，他似乎明白了，那區別就在於一個字：勢！

想一想呂布那驚天一戟的氣勢，睥睨天下；孫策有霸王之勇，一拳轟擊，令曹朋難以躲閃。之所以

章十一 指點迷津

出現這樣的結果，就是在於那個『勢』字。可如何能擁有那種『勢』，曹朋真說不清楚。

這時候，就聽到『篤篤篤』，有人叩響房門。

「阿福，可歇息了？」

是荀衍！

曹朋睜開眼，起身走到門旁，打開了房門，問道：「先生，您還沒有休息嗎？」

荀衍露出溫和笑容，看了看站在曹朋身後的夏侯蘭，而後溫言問道：「怎樣，感覺好些了？」

「呃，已無大礙。」

「你來我書房一下……子幽，煩勞你在門口守候。」

「喏！」夏侯蘭連忙披衣走出房門。

曹朋則隨著荀衍一路來到書房裡，疑惑問道：「先生，這麼晚了，您有什麼事情要說嗎？」

荀衍猶豫了一下，輕聲道：「想來你也知道，我此次出使江東，還有一樁事情。本來，我不應該和你說這些，但思來想去，我覺得應該和你說清楚，以免到最後再生出事端來。」

曹朋聽聞，不由得心頭一震，連忙跪坐蒲席之上。

「還請先生，指點迷津！」

章十二 隱市俊才

事情，必須由使團出發之前說起。

隨著孫策在江東聲勢日隆，給予曹操的危機感也隨之越發強烈。如果不是因為曹操目前騰不出手來，說不定已經和孫策開戰了！也難怪，曹操目下同樣是麻煩纏身。南京至今未下，張繡仍未臣服；呂布虎視眈眈；袁術仍垂死掙扎；劉表躲在後面，不停和曹操在搗蛋；關中目前仍戰亂不息，更不要說那河北袁紹，兵精糧足，隨時都有可能與曹操開戰……

這種狀況下，曹操又哪能騰出手來收拾孫策？

於是，郭嘉就走到了臺前。

「孫策，英氣傑濟，猛銳冠世……」

這個人非常厲害，論兵法謀略，都屬於上乘，堪稱這世上少有俊傑。而且，孫策有大志，其志在中華，所以遲早都會和主公交鋒。不過呢，他也有弱點，那就是輕佻果躁。什麼叫做輕佻果躁？就是說這個人太容易做出決斷，而且一旦做出決定，就會急於進行，沒耐心。

一般而言，年輕人大致上都有這樣的毛病。如果這種毛病放在普通人身上，可能也算不得什麼。但問題在於，孫策是普通人嗎？

所以，郭嘉又說了一句話：「孫策輕而無備，雖有百萬之眾，無異於獨行中院也。若刺客伏起，一人之敵耳。以我觀之，其必死於匹夫之手。」

後世，人們讚郭嘉是『鬼才』，便可以看出端倪，他的『鬼』，究竟在何處。

論料敵先機，運籌帷幄，郭嘉不輸於任何人。

曹朋聽罷這一番話，不由得在心中暗自感慨：郭嘉料事如神！那孫策最終不就是這麼死的嗎？慢著！

曹朋突然想起了什麼，猛然抬起頭，向荀衍看去。莫非孫策的死，是郭嘉……

「孫伯符剛愎，性情暴烈。孫氏在江東雖是大富之家，但相比之下，聲望還遠遠不足以服眾。江東士家林立，而且多私有部曲。這些部曲加起來，也有數萬，乃至十數萬之眾，如果不能把握在孫策手中，他又豈能安心？所以，奉孝認為，孫策必對士家有所打壓。從之前他種種作為來看，其打壓早已經開始……」

「想當初，袁術向廬江太守陸康借糧，被陸康拒絕。孫策雖然奉命攻打廬江，但城破之後，對陸氏族人大加殺戮。廬江時有陸氏族人三百餘，被孫策殺了近一半。而陸家，正是江東望族。諸如此類的事情有很多，所以孫策對江東士家頗有戒備。可一方面他戒備，另一方面又必須要借重。所以奉孝的計策很簡單，就是設法加劇孫策對江東士家的猜忌和打壓。」

曹朋沉默良久，最後嘆了一口氣。

「不知道郭祭酒，打算如何刺激孫伯符？」

「很簡單……我此次前來，正是為此。」

「哦？」曹朋這時候已經不再奇怪，只是心中好奇，荀衍準備如何做呢？

荀衍一笑，沒有再就這個問題說下去。

他站起身來，在房間裡徘徊幾圈後，停下來對曹朋道：「阿福，我與你說這許多話，就是想要告訴你，切莫逞強。今日你在吳侯府，就有些爭強好勝。也幸虧是孫伯符，換作別人，只怕你小命難保。有些時候，當退則退……一味的逞強未必有好處，甚至可能丟了性命。」

曹朋抬起頭，「學生也知道這一點。只是有時候蠻性發作，難免控制不住。不過請先生放心，學生一定竭盡全力，助先生完成此事。」

回到房間之後，曹朋蒙頭就睡，總覺得腦袋有些昏沉，心裡面很壓抑。

歷史上孫策的死，會不會就是郭嘉一手策劃的呢？可即便知道，又能如何？曹朋和孫策並無任何關聯，甚至說他和孫策處於敵對狀態。對於孫策這個人呢？因為他死得早，所以也沒有留下太多的印象。總之，曹朋對孫策是既說不上惡感，也談不上好感，自然不可能救他。

難道說，見一個就得救一個嗎？

一個呂布的問題，足以讓自己頭昏腦脹，哪裡還顧得上孫策死活！

算了算了，這種事情不是我可以解決。就算我救得了一次，也救不了兩次、三次……

有句老話說得好：不怕賊偷，就怕賊惦記。

孫策已經被郭嘉惦記上了！而郭嘉，可不是一個普通的賊。普通賊偷的是財貨，郭嘉偷的是性命。曹朋犯不上為了一個和他沒有半點關係的人，而去壞了郭嘉的好事。再說了，如果被郭嘉惦記上自己，那估計比孫策死得更慘，甚至很有可能是生不如死的下場。

想到這裡，曹朋不由得打了個寒顫。

第二天，談判還要繼續。

其實，也沒什麼好談的……該定下來的事情，早就已經定下來；該得到的利益，也都已得到。接下來要談的，並沒有特別重要的事情。

除了要確定孫賁之女和曹彰的親事之外，還有就是曹操的姪女，將下嫁孫策的兄弟。

但問題是，孫賁不在吳縣，所以只能把細節先商議妥當，待孫賁返回吳縣之後，再做決定。

曹朋沒有隨同前往，改由夏侯蘭隨行。

他昨天和孫策交手，受了點傷，哪怕傷勢並不算太重，可荀衍還是決定讓他留在驛館中休息。等曹朋起來的時候，荀衍帶著夏侯蘭已經離開了驛館。偌大的跨院裡，除了曹朋外，就剩下兩個家將留守著。曹朋和家將雖然相識，但並不是特別熟，而且雙方的層次差距太大，也不可能談到一起。

初夏的陽光並不是很熱，暖暖的，照在身上，感覺著很舒服。

曹朋坐在門廊上，曬著太陽，看著書，非常愜意。不過他看了一會兒書，忽覺有些飢餓，便站起來，拿著書，溜溜達達走出了跨院。

驛站裡靜悄悄，大部分人都前往吳侯府去了，少數留守的使團成員，或溜出去玩耍，或待在屋子裡，以至於曹朋這一路走過去，也沒有看到一個人。走到驛館門房外，就聞到了一種古怪的香氣，曹朋停下腳步，聳了聳鼻子，開口叫喊道：「闞澤，闞大哥在不在裡面？」

話音未落，就見闞澤走出房間。

「阿福，有事嗎？」他和曹朋也熟了，所以稱呼就隨意了許多。

曹朋笑嘻嘻問道：「沒什麼，只是在裡面閒著無聊，所以找人聊聊天。闞大哥，你在裡面做什麼呢？這味道怎麼聞著好像有些古怪……嘿嘿，能否讓我見識一下？」

闞澤那張黑臉，頓時透出紫色，「不過是些低賤的東西，談不上什麼讓人見識。」

說著，他側身讓開路，請曹朋一同進屋。

這房間的面積不大，一張木榻坐床，兩張蒲席，一副簡陋的書案，除此之外，再無什麼家具。屋子中間有一個小爐子，上面擺放著一個陶罐。

看得出，闞澤正在烹煮。曹朋連忙湊過去，往裡面看了一眼，卻見那陶罐裡盛著糊狀的東西，也看不出來究竟是什麼材料做成。古怪的味道，就是從這個罐子裡發出的。

「這是什麼？」

「呃……這個叫茶粥，是我家鄉的一種苦菜，混了些糧米和蔬菜，可以充飢，還能解渴。」

「茶、粥？」

「就是這個。」闞澤說著，用工具挑出一根菜葉似的東西。

黑忽忽的煮得很爛。曹朋瞇著眼睛看了好半天，才疑惑的問道：「這個，是茶？」

他認得這東西！這哪裡是什麼茶，而是後世的茶葉！

只不過，後世烹茶、煮茶，闞澤卻把它用來做飯。

「這東西，能吃嗎？」曹朋看著那黑忽忽的雜糊狀，輕聲問道。

闞澤道：「怎麼不能吃？茶粥很能充飢，而且生津止渴，用處很大。我有時候讀書到半夜，睏了的時候，就煮上一碗茶粥，立刻就能精神起來。你要是不相信，我給你盛一碗嚐嚐？」

這應該算是三國時期的江浙菜？曹朋好奇的吃了一碗，不過那味道……

後世有龍井蝦仁，也是用茶葉烹製菜肴。但眼前這一碗茶粥的味道，實在是沒法子去比較。

只是曹朋也知道，闞澤也是好意。

三國時期，茶葉並沒有炒製的工藝，大多數時候都是和著食物或者其他東西，進行烹煮；甚至還會放鹽巴，放酒水；更甚者，如匈奴人用牛奶、馬奶煮茶。直到唐後期，炒茶技術的出現，人們才開始從煮茶轉變為泡茶。

可惜了，曹朋不會炒茶……

強忍著那種古怪的味道，曹朋吃了一小碗，便再也吃不下去。

屋子裡有些悶熱，兩人便坐在驛館的門階上，說起了話。曹朋發現闞澤似乎有特異功能：一邊吃飯，一邊看書，一邊說話……而且是井井有條，絲毫沒有半點的差錯，令他無比驚奇。

「平日裡事情多，可這書卻不能不讀。所以慢慢的，我就練出這一手一邊做事，一邊看書的本事……呵呵，阿福你不用羡慕，你也不可能學會。」闞澤說這番話的時候，頗有些自得。

曹朋也只是微微一笑，並沒有與他爭辯。

「闞大哥，你以後有什麼打算嗎？」

「打算？」

「就是……你難道想一輩子在這裡，做一個驛丁？」

闞澤的臉色頓時陰沉下來。他嘆了一口氣，「不做驛丁，難道回去種田嗎？」

他看左右沒有人，壓低了聲音道：「家裡現在也沒有多少田地，我幾位兄長根本不夠田地，甚至還要去幫人家種田。我就算是回去，也沒有田地可以耕種，倒不如留在這裡，說不定能碰到機會。而且，山陰那邊如今打得很凶，此前王景興信誓旦旦與吳侯交鋒，結果被打得狼狽而逃。隨後又有侯官長商升作亂，聯合了山越人張雅、詹強，和吳侯對峙。」

「去年，南部都尉韓晏被殺，吳侯又換上了賀公苗……打了兩仗後，商升要投降，又被張雅、詹強殺死。而今，賀公苗手中兵力不足，也難以征討張雅和詹強。兩邊現在正對峙著……總之，山陰現在不是很太平，倒不如留在吳縣，至少不用擔心溫飽。」

曹朋發現，闞澤說這番話的時候，口氣似充滿了無奈，可是那雙眼睛裡卻灼灼放光。

猶豫了一下，曹朋輕聲問道：「闞大哥，你以為這賀公苗，能打贏嗎？」

如果換作是本地人，說不得會啐曹朋一臉唾沫。

賀公苗，名賀齊，也是會稽郡山陰人。不過他和闞澤的出身不同，賀齊是道地的會稽士家子弟，所以年紀輕輕便被選為郡吏，後來還擔任假剡長。

剡城，位於曹娥江上游，因剡溪而得名，也就是後世浙江嵊縣西南。當時剡城有一個縣吏非常傲慢，橫行霸道，為非作歹，賀齊便準備收拾這縣吏。不過主簿勸他說，斯從（注：縣吏之名）是剡城大族子弟，不可以動。結果賀齊聽說後，勃然大怒，當即就砍了斯從首級。

斯從的族人知道後，便立刻聚集了千餘人，攻打剡城。哪知道賀齊非但沒有逃跑，反而帶著幾百人，開城與之交鋒，將那千餘族人殺得血流成河。此後，賀齊之名，威震山越。

太末、奉浦兩地曾有反賊，賀齊為太末長，僅用了一個月，便把反賊清剿一空。

曹朋不是本地人，而且《三國演義》裡，賀齊也沒有登場。以至於闞澤提起賀齊時，他茫然不知。不過當他瞭解了賀齊的狀況，也不由得暗自讚嘆。

江東出人傑，這話是一點都不假。且不說那些耳熟能詳的江東虎臣們，這賀齊看起來也是個能文能武的豪勇之士……該死的羅大糊弄，為什麼沒有談及這個人呢？害得我在這裡丟臉。

「賀公苗如今按兵不動，乃上策。」

「按兵不動，是上策？」曹朋疑惑的看著闞澤，有些不太明白他的意思。

闞澤笑道：「其實，張雅和詹強之間並非一心。若賀公苗攻得太急，此二人必然齊心協力；然他按兵不動，久而久之，必令張雅、詹強二人生出間隙，早晚必有火拚。只要他二人內訌一起，賀公苗可一舉破之，不費吹灰之力……呵呵，若換作是我，也一定會按兵不動。」

這個計策，《三國演義》裡好像出現過。具體是哪一場戰役，曹朋已記得不太清楚，好像是出自郭嘉手筆，但並沒有被曹操採納……

柳城，好像就是柳城！

如今賀齊能有此謀略，而闞澤能看得一清二楚……曹朋也說不上是什麼原因，突然間生出一種莫名的衝動。

「闞大哥，不如你過來幫我吧。」

他鬼使神差似的說出這一句話後，旋即便激靈靈打了個寒顫。

我這是怎麼了？怎麼能說出這種話來？

臉，刷的一下子慘白，曹朋下意識握緊了拳頭……已經多久沒有犯過這種低級的錯誤了？連曹朋自己都想不起來。重生以來，戰戰兢兢，如履薄冰的行進，雖說不上是完美，但至少沒有出過大問題。可今天也不知是怎麼了，居然……曹朋出了一身冷汗，偷偷的打量闞澤。

他，現在是荀衍的小書僮。可那句話一出口，豈不是告訴闞澤，他是個假書僮嗎？

不過闞澤的反應，有些出乎曹朋的預料之外。他似乎沒有任何激動，也沒有任何驚訝的反應，而是呵呵笑起來。

「阿福，你終於說漏嘴了！」闞澤側著頭，笑咪咪道：「我就覺得奇怪，荀先生當世大才，又怎可能讓你做他的小書僮？你不用這麼吃驚，其實從第一天，我就看出了破綻。」

「看出什麼？」

「還記得收拾那些書嗎？」

曹朋立刻回憶起來，前天晚上剛到吳縣的時候，由於書箱損壞，他曾收拾荀衍的書籍。

闞澤輕聲道：「分門別類，是書僮的必修課。一個常年跟隨荀先生的書僮，又怎可能連如何收整書卷都不知道？所以那天晚上，我就看出不對勁。雖然我還不能確定你的來頭，但我可以肯定，你絕非荀先生的書僮。荀先生身邊扈從十二人，論身手，應該是荀蘭最強吧？可是我發現，荀蘭對你言聽計從……這本就不太正常。還有，你二人顯然和其他扈從涇渭分明，相互間並無太多交集，這更讓我產生懷疑。」

曹朋沉默了！

半晌後，他問道：「既然發現這許多破綻，為何不稟報吳侯？」

「告訴了又能如何？」闞澤伸了一個懶腰，懶洋洋的靠在門階上，「我若說了，誰給我書看？再者說了，荀先生找什麼人做書僮是他的事情，我一個小小驛丁，又怎可能管得到？」

很顯然，闞澤如今還沒有效忠於孫策。

他目光游離，自言自語道：「我雖出身貧賤，但卻不能卑賤。你贈我書卷，待我更如朋友，我焉能做那賣友求榮之事？只不過……我能看出，早晚必有人能看出。阿福，江東能人不少，你想在江東做事，務必要謹慎小心，千萬不要掉以輕心，小覷了江東俊傑。」

「闞大哥，多謝你……」

闞澤呵呵一笑，閉上眼睛，沐浴著初夏陽光，神情顯得極為愜意。

曹朋也沒有再贅言，並排和闞澤躺在門階之上，只不過心裡面卻在想著，該如何使闞澤歸心？看得出來，闞澤目前還沒有確定未來的方向，這也就讓他增添了許多機會……

就如同闞澤說的那樣，江東士家盤踞，能人輩出。似闞澤這樣出身卑微的人，想要出人頭地，會非常困難。

十年後，赤壁之戰爆發。時已三十多歲的闞澤，還只是孫權帳下一個小小的謀士，根本就算不得起眼。至於苦肉計，天曉得是不是羅大糊弄杜撰出來。但是從一點能看出闞澤當時的地位：諸葛亮舌辯群儒的時候，聚集了江東一流人才，偏偏闞澤沒有出現在那些人之中。

由此可以判定：闞澤在十年後，哪怕是成為謀士，也不是太受重用。

很有可能，他是黃蓋這種人的參軍或者司馬，甚至沒有機會和孫權直接面對面的說上話。而對曹朋來說，闞澤這樣的人，才是他招攬的對象！

他如今身邊謀臣，不過步騭一人而已。

步騭長於內政，不擅運籌帷幄。闞澤呢，博古通今，有著極強的觀察力，膽大心細，正可以彌補步騭的缺失。越想，就越是覺得不能放過闞澤。但想要讓他跟隨自己，怕也非易事。

三天後，孫策帶十數隨從離開吳縣，趕赴溧陽，和大軍會合。

同時，豫章太守孫賁自柴桑水路進發，攻占春谷，切斷了丹陽和廬江、九江兩郡的聯繫。丹徒長孫河領兵攻破句容、湖熟和秣陵三縣，直逼丹陽縣。

三面環敵，一面臨江，而水路又被切斷，丹陽宗帥祖郎頓時陷入四面楚歌的尷尬境地。而之前信誓旦旦，表示要錢有錢、要糧有糧、要人有人，會全力支持祖郎的袁術，此時悄無聲息，甚至連一兵一卒的支援都未提供。

孫策臨行前，周瑜獻出一計。

「丹陽乃江東西北門戶，必須要完好接收過來。祖郎不過是受袁術的蠱惑，才會起兵造反。今吳侯得朝廷冊封，自當曉之以理，能兵不刃血，最好還是兵不刃血。想必祖郎此刻也正在後悔，吳侯這時候只需派人勸降，祖郎必然心動……若祖郎願降，則太史子義也難成氣候。吳侯愛太史子義之勇，何不將他收服過來？」

孫策對周瑜幾乎是言聽計從，當下表示，一定會盡量避免丹陽戰火。

他離開吳縣之後，將吳郡交由張昭打理。文武之事，盡託付於張昭，也顯示出他對張昭的信任。臨行時，他又懇切挽留荀衍：「待丹陽戰事了結，我定和伯陽一同返還。到時候可商定婚期……我仰慕曹公已久，自然也很願意和曹公成為一家，還請先生海涵。」

話說到這個分上，王朗和荀衍也不好再說什麼。

孫策離開吳縣之後，王朗時常和張昭泛舟太湖，而荀衍則領著夏侯蘭和曹朋，在吳郡訪友。荀衍當今名士，又是荀淑之後，聲名響亮，加之他才學過人，文采飛揚，所以在當地士家中頗為稱道。

今兒個到這家做客，明天與那家飲宴，才幾天的時間，荀衍便走訪了吳縣城中好幾個士家，雙方均是相談甚歡。一時間，荀衍之名在吳縣傳揚開來，吳縣人皆知，中原來了一位名士，才學出眾。

曹朋一直在觀察荀衍，可是卻沒有發現荀衍單獨或者私下裡和什麼人接觸。整天吆五喝六的拜訪本地縉紳，但他想要做什麼，曹朋卻有些看不出來。

為此，他私下裡請教荀衍：「先生不是說要加劇吳侯和江東士家的矛盾，為何不見行動呢？」

荀衍呵呵笑了，輕搖蒲扇，卻不肯回答。

這也使得曹朋更一頭霧水……

這一天，荀衍讓夏侯蘭套上馬車，帶著曹朋，駛出吳縣。

「先生，咱們今天又去拜訪什麼人？」坐在車上，曹朋忍不住問道。

荀衍笑呵呵說：「怎麼，有些耐不住了？」

這些天，帶著曹朋到處走訪，也著實有些難為了曹朋。

從本質上，曹朋並不是一個很喜歡湊熱鬧、很喜歡交際的人，否則他前世也不會是單槍匹馬的去闖蕩，最後被最信任的朋友殺害。今生，曹朋已經盡力改掉這毛病，嘗試著和人接觸，主動應酬交際，可這骨子裡，還是不喜歡這樣的事情。一、兩天還好，可一連四、五天都如此，曹朋心裡不免生出厭煩的感受。

對於曹朋的這種情緒，荀衍當然也能夠感覺出來……

「今天咱們不是去飲宴，而是要去拜訪一位故友的後人。」

「哦！」曹朋應了一聲，卻沒有問那位故友是什麼人。

「先生，怎麼走？」

「華亭，咱們去華亭！」荀衍在車中看著書，輕聲回答。

夏侯蘭揚鞭催馬，趕著馬車，沿官道急行而去。

來吳縣這麼多日子，夏侯蘭對吳縣也有了大致的瞭解。華亭，位於太湖流域碟形窪地的底部，距離吳縣大約有半天的路程。其地勢地平，東南高而西北低，境內有十二座小山，成西南、東北走向，依次是小昆山、橫山、機山、天馬山……

慢著慢著，小昆山？

曹朋聆聽著荀衍的介紹，心裡突然間一動。

華亭，莫非就是後世的上海嗎？

「先生，您在華亭的故友，是誰啊？」

「我那故友，與荀家三世而交。呵呵，說起來你可能也不知道，名聲並不是特別響亮。不過他家中乃江東望族，在吳縣頗有名聲。你可知道前廬江太守陸康嗎？呵呵，就是他們家。」

華亭、陸家……陸康？

曹朋腦海中，頓時浮現出一個人名。

就聽荀衍接著道：「華亭陸氏，也是百年望族。當年城門校尉陸纖與家父交好。熹平年間，因得罪了人，所以便罷官回鄉，鬱鬱而終。陸纖之子陸駿，曾是九江都尉，在五年前故去。我這次來，就是想要探望一下他的孩子。陸康一死，陸家的聲勢遠不是當初可比擬嘍。」

「對了，陸駿之子，據說和你同歲哦。」

「啊？」

「他兒子叫什麼名字來著？我有些記不太清楚了……陸議！據說也是少年俊傑，才華橫溢……而且他和你很相似！」

「和我相似？」

「同樣少年老成，同樣有才華，同樣小小年紀便獨當一面。說起來，那孩子也挺可憐。他爹走得早，所以小時候便隨他從祖父陸康，在廬江生活……只是三年前，袁術命吳侯攻伐廬江，陸康死戰，但最終被吳侯所破。陸季寧兵卒，陸氏族人更慘遭屠戮。好在陸康把陸議等兄弟提前送回華亭，才免於災禍……之前我聽人說，陸議要成親了。我作為長輩，總要來探望一下，看一看能不能幫上忙，順便出一分力。」

是陸議嗎？沒聽說過……

曹朋旋即放下念頭，不再思慮此事。

一路上，荀衍一改早先那慎言的姿態，嘮嘮叨叨，喋喋不休，好像變成了一個話癆。所說的內容，無非是陸議怎麼出色、怎麼難得……十二歲便綱紀門戶，擔負起了整個家族。

「陸氏一門如今雖不比從前，但終究有傳承。我聽人說，陸季寧的兒子陸績，今年十一歲，非常聰慧；陸議的兄弟陸瑁，同樣有才學……他日待他們成人之後，必然會有大前程。」

陸績？

這個我知道！袁術席上，懷橘陸郎嘛。

舌辯群儒時，這陸績可是堅定的投降派，被諸葛大人批駁的體無完膚。

這種人，能有大成就？

曹朋有點不太確定。反正有一件事他倒是記得，《三國演義》中，陸績被諸葛羞臊之後，好像就沒有再登場出現過。如果按照《三國演義》的說法，陸績也就是一個有小聰明而無大能之人……那麼，這個陸績是不是真如《三國演義》中所說的那樣不堪呢？

《三國演義》是尊劉，對曹魏和孫吳多有詆毀。所以曹朋也不敢確定，《演義》中哪些是真的，哪些是假的。只能說，他對陸績的興趣不大。

三國時代，陸姓之人最能引起曹朋興趣的，只有那火燒連營、大敗劉備的陸遜陸伯言。不過怎麼沒有聽荀衍提起過這個人呢？抑或者說，陸遜陸伯言的『陸』，非華亭陸氏之『陸』？

「先生，可知陸遜？」

「陸遜？」荀衍歪著頭想了想，「那是誰？」

「呃，我隨便問問。」

荀衍認真思忖半晌，嘆了口氣道：「我還真想不起來，陸家有叫陸遜之人。可能是陸家的旁支吧……怎麼，你認識他？」

「呃……不認識。」

「不認識為何要問？」

「這個嘛……只是在吳縣偶爾聽人提及此人，故有此一問。」

「原來如此。」

荀衍一連串的問話，讓曹朋冷汗淋漓。下一次，再也不要輕易打聽人了，否則很容易引起誤會……一個名字，說出口容易，但解釋起來實在太麻煩。也幸虧今天荀衍沉浸在與老友的回憶當中，所以並沒有詢問的太多，否則曹朋休想這麼容易過關。

不過，那陸遜，如今又在何方呢？

曹朋有些後悔，知道這些名字，卻從未仔細留意過他們的身世和背景，不然又怎會有這麼多的麻煩？

眾人在途中簡單的吃了一餐之後，再次啟程。

大約近黃昏時，馬車停下。

章十二 隱市俊才

曹朋下車詢問之後，得知陸莊就在前面不遠處，再一打聽，陸家在華亭頗有名氣，就位於陸莊村頭，非常容易尋找。曹朋等人按照打聽到的路徑，很快便駛入陸莊。

夕陽西下，晚霞映天。一座宅院座落於陸莊村口……門前冷冷清清，在斜陽裡，透出一股蒼涼之氣。

「先生，就是這家了！」曹朋攙扶著荀衍走下馬車，輕聲說道。

看著緊閉的大門，荀衍微微嘆了一口氣，「阿福，持我名刺，叩門。」

章十三 綰青絲

陸議的個頭，和曹朋差不多高，但看上去比曹朋略顯結實。

後世常說：窮人的孩子早當家。可事實上，身為一個即將敗落的世家子弟，身上往往擔負著更多的責任。陸議也如此，十二歲便綱紀門戶，承擔起執掌家族的重任，這使得他那張看上去略顯稚嫩的雙頰，透出同齡人所無法比擬的莊重和沉穩。曹朋也算是同齡人之中，少年老成的典範，可是和陸議相比起來，曹朋認為自己略顯不足，缺少世家子弟的那種氣度。

見到荀衍，陸議並沒有表現出驚喜。相反，在言談舉止間，他透出濃濃的戒備和警惕。

也許並非針對荀衍，而是長久以來養成的謹慎所致。畢竟，華亭陸氏和孫氏之間頗有恩怨，想當初孫策攻破盧江時，對陸氏族人的殺戮，至今仍是陸氏族人心中無法磨滅的痛。

陸氏子弟對孫氏，懷有恨意。孫氏反過來，對陸氏子弟懷有戒心。陸家如今生活在孫氏的統治之下，對於一切事物都會懷有戒心，這原本也是一樁正常的事。所以，陸議言語間得體，但態度上冷漠，有一種拒人於千里之外的感覺。

而荀衍渾不在意，談笑風生。他談論當初受陸纖的交道，說起早年間在洛陽和陸駿的交情。陸議始終保持溫溫笑容，不時附上幾句得體的言論，令荀衍大為開懷。

曹朋就跪坐在荀衍的身後，默默的觀察著陸議。

陸議和曹朋年紀相仿，按照荀衍的說法，兩人同年。但陸議似乎比曹朋大兩個月……可就是這兩個月的差距，讓陸議比曹朋顯得沉穩許多。

他看天色已晚，於是命家奴下去準備酒宴。

「叔父現在回去，恐怕也來不及了，不如今夜就住下來，如何？」

荀衍點頭，答道：「就依賢姪所言。對了，我來時聽人說，賢姪大婚在即？不知可定下婚期？」

「回叔父的話，婚期已經定下，就在十八日後。」

「呃，可是我看府中好像並未準備？」

「已經準備妥當……不過，顧家伯父派人來說，一切最好從簡，莫要大費周章，反而不美。」

「顧家伯父？」荀衍一怔，「你是說……」

「想來叔父也認識，顧家伯父就是家丈人之兄，聽說早年間，與荀大伯往來密切。那時候顧家伯父還在伯喈公門下求學。」

「你是說，顧元嘆？」

「正是。」

曹朋心裡又咒罵起來：你好端端的，不要總是稱『字』好不好？顧元嘆，好耳熟！不過他知道『伯喈公』是誰，就是蔡邕。

蔡邕的學生？

隱隱間，曹朋記得前世曾看過一部三國穿越小說，裡面介紹蔡邕的學生似乎不少，其中有一個……顧雍！對，就是顧雍，顧元嘆。這個人似乎是蔡邕的學生，而且後來是東吳的丞相。

陸議和顧雍的姪女結親嗎？

荀衍連連點頭，「元嘆兄長少言語，至德忠賢，乃當時楷模。對了，我卻聽人說起，他如今在吳侯帳下效力？此次我來吳縣，還沒有來得及去顧家拜訪。」

「伯父如今忝為上虞長，不過大婚之日，他會趕來。」

「如此，甚好！」荀衍連連點頭，「我與元嘆兄長也多時未見。當年他返家後，便未再聯絡，到時候正可與他盤桓。」

陸議絕不會輕易開啟話頭，但每每荀衍發問，他回答的都非常得體，很詳細。

兩人就這麼一問一答，時間過得飛快。

隨後，陸議準備了酒宴，荀衍在酒席上，見一旁曹朋默然無聲，一下子想起來了一樁事情。

「賢姪。」

「喏。」

「還想向你打聽一人……不知你陸氏族人中，可有一人，名叫陸遜？」

這原本是極為普通的一句問候，卻讓陸議呆愣住了。

半晌後，他面色古怪的點頭，「回叔父，確有此人。」

曹朋驀地睜大眼睛，豎起耳朵。

陸遜，果然是這華亭陸家的子弟……

不過陸議後面的一句話，卻讓曹朋傻了。

「陸遜，就是小姪。」

荀衍也愣住了，「你就是陸遜？」

「年初時，小姪行了及冠之禮，而後便定下了婚期。當時小姪……叔父既然出使江東，當知陸家的狀況。陸家和顧家，都是吳郡百年望族，如今又結下了親事……小姪覺得，日後必會步履維艱。小姪如今綱紀門戶，更覺責任重大，所以便改了名字，為『陸遜』。」

遜，有退讓、隱忍，和光同塵之意。

同時也代表了陸家目前的狀況，必須要和光同塵，必須要去退讓，必須要去隱忍……

陸議把自己的名字改為陸遜，大致上也就是這個意思。

聽陸議這番話，荀衍不由得感慨萬千。別看陸議年紀小，可是這處世求生之道，已爐火純青。他沒有說得太明白，但這一個『遜』字，卻將他的困境形容的無比透澈。

陸議說：「叔父為何突然問及此事？小姪改名之事，並無太多人知道。除了伯父之外，就連家裡人也不清楚。我原準備大婚之後，再公之於眾人……叔父又是從何處得知此名呢？」

「這個……」荀衍猶豫了一下，「難道江東，再無第二個陸遜？」

「據我所知，吳縣陸姓子弟，沒有人叫陸遜。」

荀衍扭頭，向曹朋看去。

曹朋眼珠子一轉，連忙道：「先生，學生也是在偶然間，從坊市中聽說。人言陸遜才學過人，乃江東俊傑。但具體是哪裡人？學生不太清楚，故而途中有此一問。」

曹朋這一席話，把問題一下子含糊過去。

坊市中聽聞？那自然無從考究……

陸遜臉色有些不太自然，輕聲道：「敢問，那人是什麼模樣？」

「方士，是個方士。」

陸遜玉面微微一沉，透出凝重之色。許久之後，他苦澀一笑，長嘆一聲道：「樹欲靜，風不止。」

這句話，是春秋時皋魚所言，出自《韓詩外傳》。濮陽闓精研《韓詩》，所以曹朋倒也不陌生。原話就是後世極有名的：樹欲靜而風不止，子欲養而親不待。

陸遜這句話的意思就是說：我已經努力的隱忍退讓，可是看起來，還是有人想把我推到風口浪尖。

荀衍沉默了。

「賢姪。」

「喏。」

「有一句話，我不知道當不當說。」

「請叔父明言。」

荀衍猶豫了片刻後，輕聲道：「若江東不可留，不妨前往穎川。」

陸遜苦澀一笑，「非是小姪不願，是家業於此，恐難離去……不過，叔父此言，小姪銘記心中。」

曹朋萬萬沒有想到，自己隨口編造出來的一句話，居然讓陸遜生出離開江東的念頭。

如果，如果陸遜不在江東，他日誰能抵禦劉備呢？

曹朋也不禁心中叫苦，只是他也不知道該如何開口……看得出，陸遜其實對孫氏頗有怨念，甚至是仇恨，否則他也不會說出那樣的話語來。一切早在廬江時，便有了一個定論。

只是，既然陸家和孫氏之間有如此仇怨，為何陸遜後來……

這其中的機巧，曹朋是百思不得其解。

酒宴過後，陸遜安排荀衍等人歇息。

陸家的門楣似已破敗，但是其產業依舊存在。陸康死後，陸纖和陸康兩支後人便合而為一，兩家部曲也隨之合併起來，倒也有自保之力。

陸家北跨院，是陸康的子弟居住；南跨院，則歸於陸遜一家人。

近兩頃大的宅院裡，居住有大約千人，其中部曲約八百，而陸氏子弟不足兩百。荀衍說，當初陸家子弟近五百餘，再加上旁支遠支，足足有兩千之多，雖算不得吳縣第一望族，但絕對能排進前十。只是，自陸康死後，嫡支損失慘重，只剩下這不足兩百人，而且老的老、小的小……而遠支旁支，則流離的流離，逃亡的逃亡，使得陸家再也不復當年的聲勢。

有時候，一步錯，步步錯。陸家就是這種狀況。

不曉得日後，陸家能否重新崛起？

曹朋很想告訴荀衍，陸家一定能夠崛起。不僅僅是崛起，而且是極為強大。依稀記得，孫吳後期的時候，整個江東的水軍都控制在陸家的手裡。陸遜以下三代豪傑，把陸家打造成為江東第一世家，其實力甚至超過荀氏……

許是見老友家道破敗，荀衍的心情並不好，在安定下來後，他早早便回房歇息。

而曹朋和夏侯蘭，依舊是住在荀衍臥室的旁邊。

夏侯蘭趕了一天的車，也有些乏了，所以倒在榻上後，便呼呼大睡。曹朋則躺在榻上，翻來覆去的睡不著，也不知道是怎麼回事，來到江東以後，他就時常失眠。

披衣而起，曹朋輕手輕腳，走出了房間。

江南的風景很好，但是暗流激湧，讓人感覺到很壓抑。

在這裡，曹朋覺得沒有自己施展拳腳的餘地，所接觸的人，全都是當世俊才，連說句話都要小心翼翼，不敢有片刻放鬆。相比之下，在許都、在海西、乃至於在東陵亭，則顯得很自在。

也不知道，何時才能返回廣陵呢？

月光如洗，灑在庭院之中。

院子裡靜悄悄的，那院牆上爬滿了爬牆虎，將牆壁染成了綠色。那綠色間點綴著幾多小白花，給這夜色平添了很多情趣。沿著碎石鋪成的小徑，曹朋漫步，不知不覺走出了庭院。

空氣中，瀰漫著一種極為清幽淡雅的香味。

曹朋聳了聳鼻子，感覺著這香氣似乎有些熟悉。

地面上，桃紅杏白殘落，深夜的露水更把幽徑打得濕漉漉，漫步其間，頗使人心思迷濛。

前面有一個拱門，過去了便是陸家的花園。曹朋邁步，從拱門穿過，就見小徑盡頭，花海之中，有一個小小的花亭，在月光下格外醒目。

之所以說它醒目，是因為那花亭上吊垂紫藤。

一朵朵紫藤花綻放，將花香噴灑天地。那熟悉的香氣，就源自於紫藤花……曹朋站在小徑上，頓時呆立住了。

因為那紫藤花下，一個白衣少女正靜謐而坐。曹朋只能看到一個勾勒出玲瓏曲線的背影。雪白的頸子，呈現出優美而性感的曲線。

少女一襲襌衣，跪坐於紫藤下，修長的手指從琴弦上掠過，頓時傳出優美琴聲。

黑髮披散，猶如瀑布，垂至腰間。在月光之下，那少女就像個人間的精靈般，不帶半點凡塵氣息。

曹朋是個樂盲，聽不出什麼好壞。前世他的那個年紀，是聽著譚詠麟、張國榮的歌曲長大，說實話，對於古樂，他是十竅通了九竅——一竅不通。

只是，他從琴聲中，聽出了一種如泣如訴的悲傷。

曹朋站在小徑的盡頭，駐足聆聽少女撫琴。

忽然間，錚的一聲琴弦崩斷，琴聲戛然而止……白衣少女把那昂貴的古琴舉起來，狠狠的摔在了地上。

「啊！」曹朋被少女這突如其來的舉動嚇了一跳。

不過，隨著他這一聲輕呼，少女驀地轉身，朝他看過來。

月光下，少女面貌柔美，帶著江南女子特有的動人。但那雙眸子裡，卻閃爍著一種冷芒，令曹朋激靈靈打了一個寒顫。

曹朋連忙上前，想要與對方道歉。畢竟，人家摔琴是人家的事情，他擾了人家的清靜，道歉也在情理之中。

哪知道，他才上前兩步，白衣少女卻轉身離去。等曹朋到了花亭中的時候，少女的婀娜背影已消失在花海之中。

「對……不起。」

曹朋道歉的話語，到了嘴邊，又嚥了回去。

花亭中，有一抹幽香，令人心曠神怡。

曹朋不由得深吸一口氣，體味著那少女留下的芬芳。半晌後，他蹲下身子，伸手將地上的古琴拾起。

古琴的做工極好，琴首雕鏤鳳凰圖案，在夜光下極為清晰。上面還有一個字，但曹朋不認得。字，並非時下流行的隸書或者篆文，但曹朋可以確定，那就是一個字……

把斷琴拾起，曹朋站起身來。紫藤上，纏繞著一根長長的青絲，想必是那少女剛才離去的時候，被扯斷……

這香氣真的好熟悉啊！

嗯，少女的芬芳，似乎從何處聞到過。

曹朋捧著斷琴，呆呆站立在花亭裡。許久後，他輕輕嘆了口氣，搖了搖頭，轉身走出花亭。

那少女，好像是夜中的精靈。雖只是驚鴻一瞥，卻使得曹朋留下極為深刻的印象。

她是誰？為何出現在陸家的花園？而且彈奏著哀傷的樂曲，旋即摔斷了這名貴的古琴呢？

曹朋滿心疑惑……

回到住處，曹朋是真睡不著了！

那精靈一樣的少女倩影，不時在他腦海中浮現。嫵媚的面容，冷幽的目光，讓他感覺到了一種詭異。但究竟是什麼原因？曹朋說不上來，總覺得好像忘記了什麼，卻又想不起來。

就這樣翻來覆去，直到天邊泛起魚肚白，才迷迷糊糊的睡著。

不過，才睡下片刻，夏侯蘭就起來了。又是一陣折騰，曹朋被吵醒之後，便再也無法入睡。

他翻身坐起，用力搓揉面龐，總算是振奮了一下精神。

曹朋換上了衣服，洗漱完畢之後，荀衍也起身了……

吃罷早飯以後，荀衍向陸遜辭行。

陸遜看上去有些情緒低落，但是在表面上，還保持周到的禮數。象徵性的挽留之後，陸遜說：「十七日後，是小姪大婚之日。若叔父還在吳縣，到時還請前來觀禮。顧世父也會趕來，叔父可以與世父把酒言歡，一敘離別之情。」

對陸遜的邀請，荀衍爽快的答應下來。

曹朋坐上馬車的時候，陸遜還站在門階上。兩人目光，在不經意間接觸，陸遜微微一笑，搭手朝曹朋一禮。

曹朋心裡一咯登……

他只是一個小書僮，陸遜為何要向他行禮？莫非是……他再向陸遜看去時，陸遜已轉身，走進府邸。輕輕咳嗽了兩聲，曹朋在馬車上坐好。

莫非，陸遜看出了破綻？

不過再一想，一個十二歲便能擔起百餘人大家族的少年，一個在日後將會火燒連營，打得劉備吐血而亡的人，不可以用尋常的目光來看待。陸遜雖然才十五，但也不可以小覷。

「阿福，你覺得伯言如何？」馬車上，荀衍隔著薄薄的車簾，輕聲問道。

曹朋想了想，回答道：「此江東俊傑。」

「嗯，我亦如此看他。故而昨日我透出口風，邀請他前往穎川……阿福，你覺得他會去嗎？」

「先生，若陸伯言邀請您從穎川到江東，您願意來嗎？」

「這個……」荀衍在車裡啞然失笑，並沒有回答。

但他的答案很清楚：陸遜絕對不可能搬去穎川。

祖世居於江東，百餘年來，陸家早已經在江東扎下了根，如果沒有特殊的情況，估計陸遜也不太可能離開。這個特殊情況，基本上是說陸家無法在江東生存……這情況出現的可能性，著實太小。

可惜了如此俊傑！荀衍心裡突然間生出強烈的不安。江東俊傑多如過江之鯽，著實讓他感到擔憂。

如今有孫策、周瑜這種不世俊傑，身邊有顧雍、張昭這樣的名士……

日後，陸遜長大，恐怕也會成為曹公的心腹之患吧。

這如此多的俊傑賢才，一個又一個的往外冒，荀衍若說不擔心，那絕對是違心之言。可面對這樣的情況，他似乎也沒有更多的辦法。其實，中原俊傑同樣很多，只是藏於塵埃之中。那麼，自己又該如何為曹公選拔人才呢？

目光不自覺的落在了曹朋的身上。

曹友學倒是有才學，但不知道，日後能否與陸伯言相敵！

想到這裡，荀衍陷入了沉思。

而曹朋此刻，也在心裡暗自比較。

他不是拿陸遜和自己比較，而是用周瑜、孫策，和陸遜相比。

周瑜，大才也……論才學，論風範，周瑜遠遠超過陸遜。但是曹朋清楚，周瑜絕對沒有陸遜那般的成就斐然。

周氏也算江東大族，然則至周瑜一世而斬，其子孫並沒有什麼出色之處；而陸遜則不然！陸遜死後，尚有陸抗，執掌江東水軍多年，守江陵與司馬氏抗衡，有生之年使司馬氏不得過江陵半步。

關於羊祜和陸抗的故事，曹朋取自於金大俠的《神雕》。

陸抗死後，陸門又有五子，皆非等閒。其中三子陸機、四子陸雲，都是享譽江東的名士。

相比之下，周瑜雖有赤壁之美譽專於前，可陸遜卻又火燒連營，不遜色其後。

陸氏的底蘊和門風，估計也就是在陸議改名為陸遜這一刻，便注定了百年的輝煌和榮耀。周瑜才華橫溢，睥睨六合，那是一種開放式的，如夏花般燦爛，卻難以持久；陸遜的才華則是內斂的，雖然不若周瑜那般燦爛，可是卻足足影響了江東百年……孰優孰劣，曹朋心中自有高下。

在曹朋心裡，周瑜比不得陸伯言。

是不是應該把他，除掉？

這念頭，在曹朋腦海中稍縱即逝。他旋即苦澀一笑：自己現在還戰戰兢兢、如履薄冰般前行，又有什麼資格，妄言除掉陸遜呢？

想到這裡，曹朋輕輕嘆了一口氣。

回到吳縣，已是午後。荀衍一下車，就見王朗匆匆迎上前來。

「休若，出事了！」

「景興公，出了何事？」

「唉，剛得到消息，江夏太守黃祖在二十天前，斬殺了禰衡。」

「啊？」荀衍也是吃了一驚，眉頭微微一蹙。但是，他似乎並沒有流露出太多不平之色，只是點點頭，嘆了口氣，便邁步走進了驛站中。

「休若，子布邀我前去，撰文討伐黃祖，你可要來？」

「這個嘛，還是算了。」荀衍神色很淡然，朝著王朗一點頭，「我有些累了，景興公就代我前往吧。」

「如此，也好！」王朗似乎想起了什麼，倒也沒有再強求。

曹朋跟在荀衍的身後走進驛站，同時在心裡消化著禰衡被殺的消息。

禰衡是青州平原人，少有才辯，但尚氣而剛傲。說句通俗一點的，就是說這個人自我感覺良好。很能說，也的確是有才學；但為人過於自負，甚至已經自負到了誰也看不進去的地步。

人若自負若斯，其實也就等於是廢了。

建安元年，曹操奉天子以令諸侯，遷都於許縣。

禰衡施施然前來，時二十四歲。要資歷沒資歷，要地位沒地位，只不過因為有點才學，便自以為天下無人。偌大許都，他只看重兩人，一個是孔融孔文舉，另一個則是楊彪之子，楊修。

諸公，這兩位最終都是什麼下場？

孔融認為禰衡有才學，所以好幾次在曹操跟前提起此人。

曹操生出好奇之心，於是幾次召見，想要和禰衡談談。可這禰衡卻拿起了架子，自稱狂病，不肯前往，而且還好幾次在私下裡抨擊曹操。

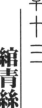

你想啊，曹操是什麼人？這心裡焉能高興？

我誠心誠意的邀請你，你不來也就罷了，還罵我？

不論從哪個角度，曹朋都認為禰衡這個人名大於實，連最基本的做人道理都不懂，想來是想藉此手段，來提高自己的名聲。

卻不想，曹操對他懷恨在心……

後來許都建成，曹操擺酒設宴，便想起了禰衡。當然了，曹操也懷著羞辱禰衡的心思，想要挫他的銳氣，於是命禰衡為鼓吏……

曹操的心思如何，曹朋不得而知，可這一來，卻引發出一段在後世膾炙人口的禰衡裸衣、擊鼓罵曹的橋段，把曹魏陣營中的人罵了個遍，甚至連郭嘉等人也不得倖免。

也正是因為這樁事情，荀衍對禰衡這種譁眾取寵之人，很不待見。

曹操後來把禰衡送到了劉表那邊。劉表及荊州士大夫一開始對禰衡待若上賓，文章言議，非禰衡點頭，就不算過。這禰衡又因此生出狂妄之心，數次輕慢羞辱劉表，令劉表惱怒不已。於是，劉表又把禰衡送到了黃祖那邊。

在劉表看來，江夏黃氏同屬名門望族，早有太尉黃瓊，如今又有黃承彥等荊襄俊傑，想必那禰衡會收斂一些。黃祖呢，一開始也的確是很尊敬禰衡，包括那個當初曾試圖殺死曹朋的黃射，也待禰衡若老師一樣。

這禰衡就是個賤骨頭，你若是待他好了，他那賤骨頭就癢了。

二十天前，黃祖在一艘艨艟上設宴，款待好友。

席間，禰衡又出言不遜，令黃祖很沒有面子，於是黃祖便呵斥了一頓……其實，這也是很稀鬆平常的事情，在情理之中。也許是禰衡喝多了，竟然在船上破口大罵。想那黃祖好歹也是江夏太守，黃氏一族更祖世官宦，累有三公之家。黃祖也是喝多了，一怒之下就殺了禰衡。

黃射得知消息，從岸上游到了船上想要阻止，但是也來不及了……

禰衡，人頭落地。

後世人常言，禰衡錚錚傲骨。可是在曹朋看來，這貨就是一個腦殘。但不管怎麼說，禰衡也是罵出名來的人物，就好像後世的那個宋XX，靠著罵人來引人矚目。

禰衡被殺，還是引發出了荊襄的震盪。

江東士人未必能看得上禰衡，可如果禰衡死在黃祖手裡，那性質就不一樣了。

孫堅，就是被黃祖所殺……

所以張昭召集江東士人，準備撰文討伐黃祖、劉表。

荀衍才懶得參與這種是非。他本來就看不上禰衡，所以即便是王朗相邀，也婉轉拒絕。

在書房裡，荀衍冷笑三聲：「奉孝曾言，禰正平不得好死，如今果然被他說中。」
曹朋在一旁忍不住問道：「先生，禰衡被殺，何至於張子布如此興師動眾？」
荀衍一笑，「張子布也不過如此，迎奉吳侯耳。」
張昭討伐黃祖，其實就是順著孫策的心思罷了……
曹朋聽聞，沉默不語。
不得不說，張昭這一番作為，的確是引發起江東士人的一番爭論。
想當初，曹操殺了一個邊讓，令兗州士人暴亂；禰衡，自然無法和邊讓相提並論，但或多或少還是產生了一定的影響。
之後幾天裡，吳縣大街小巷，都在討論黃祖殺禰衡的事情。
「早就知道那劉表沽名釣譽，如今看來，果然不差。」
「沒錯，禰正平雖說也有狂悖之處，但罪不至死嘛……他才學不差，何至於竟遭砍頭之禍？」
「要我說，還是吳侯氣量恢宏。」
「沒錯，吳侯雖說年紀不大，可這氣量，連曹操都比不得……」
諸如此類的討論，隨處可見。

張昭在發出檄文之後，便再也沒有任何聲息和動作。他似乎很認同這種民間裡私下的討論，而且這種討論在某種程度上，確實增強了孫策之聲威。

曹朋一身便裝，坐在酒肆裡，靜靜聆聽人們的議論。

在他身旁，闞澤恍若聾子一樣，喝著酒，品著菜肴，表現出愜意之色。

從華亭回來已有六天，荀衍似乎又回到了早先的那種狀態，每天走親訪友，忙得是不亦樂乎。不過，他不再帶著曹朋出門，身邊基本上都是讓夏侯蘭跟隨。

這也使得曹朋這些日子變得很悠閒，沒事的時候，就和闞澤一起聊天，有時候出門喝一杯水酒。闞澤呢？好像已經忘記了那天曹朋說過的話，陪著曹朋在吳縣大街小巷穿行，或是介紹吳縣人情風貌，或是在這種不起眼的酒肆裡，品嘗美酒佳餚，過得是同樣快活。

「兄長，你對禰衡之事，如何看待？」

闞澤醉眼迷濛，搖了搖頭，「阿福，你認識他嗎？」

「誰？」

「就是禰正平。」

「呃，不認識。」

「那就是了，管他做什麼？他活著，和你我無關；死了，更沒有關聯。」說著話，闞澤猛然睜開眼睛，輕聲道：「你以為，張昭真就是為禰正平抱屈？說到底，還不是為打擊劉表嘛！」

闞澤一點都沒有喝多，甚至頭腦很清醒。

他看得非常清楚，同時也讓曹朋更堅定了拉攏闞澤的心思……

兩人又在酒肆裡坐了一會兒，便結帳起身，離開了酒肆。

四月的天氣，變幻莫測。晌午出來的時候，還是陽光明媚，這一頓飯的工夫，就變得陰雲密布，下起了淅淅瀝瀝的小雨。

闞澤打起竹簦，笑呵呵道：「阿福，你看，還是我有先見之明……帶上了雨具，否則又要被淋濕了。」

曹朋點點頭，也打起了竹簦。

兩人從小巷裡走出來，迎面就看到一隊車馬，緩緩行來。

「咦？」闞澤連忙把曹朋拉到一旁，眼中詫異的看著車馬從身旁行過。

「怎麼了？」

「好端端的，這荊州的車馬，怎麼會出現在這裡？」

「是荊州車馬？」曹朋不由得好奇打量。

只見一行車馬，在兩百多名武卒的簇擁下，沿著吳縣那狹窄的長街緩緩行過。武卒之中，為首的是一個錦袍青年，胯一匹高頭大馬，威風凜凜，頗為威嚴。他身體隨著馬背起伏，伴隨著若隱若現的鈴鐺聲，但若不仔細聽，還真不容易聽到。曹朋不由得輕輕搖了搖頭。

非主流嗎？還戴著一個鈴鐺！

曹朋正思忖著，一輛馬車從他身旁駛過，車窗後露出一張吹彈可破、頗有姿容的粉靨……明如秋水般的眸光，從曹朋身上掠過，那粉靨頓時閃過一抹奇色。曹朋並沒有留意，而是隨著闞澤往前走。

忽然間，他聽到了一個熟悉的呼喚聲：「阿福！」

那聲音穿過長街，傳入曹朋的耳中。曹朋的身子，沒來由的激靈靈一個寒顫，驀地轉身，回頭。

章十四

燈火闌珊處

細雨濛濛，少女一襲鵝黃色長裙，俏生生立於車上。相隔十數米外，曹朋身著青衫，手裡的竹簦掉落在濕漉漉的長街上，仍有雨絲打濕了長衫。

時間彷彿一下子靜止了！兩個人只是默默的相互看著，周遭的一切，彷彿都不復存在。

黃碩，黃月英……一年半前，她悄悄的離開；一年半後，又突然出現。

曹朋向前走了兩步，黃月英也從馬車上下來。兩人面對面的站在長街上，默默的看著彼此。

「阿福！」黃月英露出了笑容，笑容格外燦爛。

曹朋也笑了，腳下快走兩步，猛然發力小跑，眨眼間就到了黃月英面前，一把將黃月英抱起。周圍響起了一陣輕呼聲，顯然是被眼前這一幕景象驚住了。

而黃月英也是一驚，但旋即便釋懷了心情，用力的摟住了曹朋。

這是曹朋重生於這個時代之後，第一個，也是唯一一個令他心動的女人。當年黃月英悄然的離開，著實令曹朋感到難過。乃至於後來黃射對他的迫害，甚至讓他對黃月英也感到不滿。

但一切誤會，隨著董曉帶來的那封書信，煙消雲散。

曹朋之前還想著，什麼時候能夠再見到黃月英。一個遠在荊襄，一個卻如無根的飄萍，難以把握。可沒有想到，兩人竟然在吳縣重逢……這突如其來的喜悅，使得曹朋有些失控了。

江東與中原的情況，略有不同。

受吳楚文化影響，江東的民風遠比中原開放。儒家教義，遠沒有後世那般男女大防。《詩經》裡，不也充斥著純愛故事？《楚辭》中，也藏著無數動人的愛情。男歡女愛，兩情相悅，便什麼都不重要，否則的話，卓文君和司馬相如私奔，也不會成為膾炙人口的傳說。那一曲《鳳求凰》，事實上也代表著漢代時期人們的愛情觀。

黃月英雙頰透紅，可是卻不影響她內心中的喜悅。

闞澤站在原地，只是輕輕的搖頭。

關關雎鳩，在河之洲。窈窕淑女，君子好逑。

沒想到，平日裡看上去總有些靦腆的阿福，居然還有如此火爆的一面。不過，闞澤眉頭旋即蹙起，因為他看到從另一輛馬車裡，走出一個老者，一臉的陰沉之色，看著曹朋和黃月英，似乎有些動怒。看這些人的來頭似乎不小，也不知道是荊襄之地哪一個大家族？

他正思忖間，老者已走下了馬車。

「阿醜，妳在幹什麼！」

黃月英和曹朋驀然驚醒，這才發現，他二人在長街上竟摟在了一處。

這可不是後世那個開放的時代，在大街上熱吻都無人理睬……雖說禮教大防沒有那麼嚴格，但……長街上，行人駐足，一個個瞧著兩人。

黃月英登時大羞，扭頭想走，可柔荑卻被曹朋緊緊的握住。

「上次妳不告而別，這次休想再從我身邊離開。」曹朋輕聲道，語氣顯得格外堅決。

不經過分別，哪裡知道這相思的苦楚。

曹朋和黃月英相處的時間並不久，甚至曾有一段時間，曹朋連黃月英的真實身分都不清楚。但是，這並不能影響到曹朋喜歡黃月英。

即便當曹朋知道了黃月英的身分後，一開始有些躊躇，但旋即便釋懷。

我未娶，她未嫁，難道就因為她在歷史上是你諸葛亮的老婆，我便要放棄不成？

這，絕不符合曹朋的性格……

黃月英垂螓首，卻沒有掙扎。相反，她心裡面洋溢著一種莫名的幸福。

人常言，一見鍾情。不過黃月英和曹朋絕非如此。曹朋初見月英時的心動，更多的可以理解為單相思；而月英最初，對曹朋並沒有太多的感受。乃至於後來，兩人開始隔棘水而走動，慢慢的多出幾分瞭解。曹朋，並沒有想像中的那般才思敏捷，但勝在穿越男的細心，和那份體貼。

跟隨曹朋學太極，耳鬢廝磨，雖未真正肌膚相親，卻使得黃月英心中別有感觸。

離開涅陽時，黃月英留下了一封書信，甚至連她自己也說不清楚，為何要寫那封信……

後來，黃射設計構陷曹朋一家，黃月英得知後，憤怒無比，和黃射翻臉，甚至於離開江夏，跑去襄陽住了小半年。最後還是黃祖命黃射登門，向黃月英賠罪，才算是勉強返回家中。

但也就是那一次，使得黃月英一下子明白：她喜歡那個在棘水河畔練拳的少年。

她此次來江東，是陪伴老父散心訪友。

黃祖殺了禰衡，也使得黃承彥格外惱怒。在黃承彥看來，禰衡即便有千般不是，黃祖也不能殺了禰衡。擅殺名士的罪名，不管是什麼人，都難以承受。君不見當初曹操殺了一個邊讓，就使得整個兗州動盪不堪？當然了，禰衡比不得邊讓，但他好歹也是九江太守；可你黃祖，也比不得曹操啊！殺了禰衡，也就使江夏黃氏落得個無容人之量的名聲，如何是好？

總之，禰衡是可以殺，他可以被山賊所殺，被盜匪所殺……但哪怕是被一個家奴所殺，你黃祖都不能殺他！

曹操想不想殺禰衡？想……可是邊讓一事，讓曹操有了警惕，所以曹操不敢殺，也不能殺。

劉表想不想殺禰衡？想！可劉表也不敢動手，因為害怕壞了自己的名聲，所以他把禰衡趕到了江夏，試圖以江夏黃氏的名頭壓制一下禰衡。

黃承彥最初不贊成黃祖善待禰衡……他認為，似禰衡這等狂士，無甚大才，不過是寫了一篇好文章，根本不值得去善待此人。偏偏黃祖不聽，把禰衡捧得很高。

結果咧……這傢伙是賤骨頭，一被捧高，便忘乎所以，不知道自己是誰了。

可是，你也不能殺他嘛！把他趕去西川，或者把他趕去江東，都好過殺了他。

這種人，殺了也不過是平白壞了自家的名聲。但殺了已經殺了……黃祖也很後悔。事實已經造成，任誰也無能為力。黃承彥覺得在家中待得好壓抑，所以便生出了來江東散心訪友的心思。

沒想到，這剛到了江東，就碰到了曹朋。

老黃心裡面那個糾結……曹朋剛才摟的可是他閨女啊！

黃承彥已經認不出曹朋了。一年多的光陰，曹朋長高了不少，也壯了許多，不復當年那病懨懨、瘦弱少年的模樣。想當初，黃承彥也就是隔河與曹朋見過幾次，看過曹朋練拳。他不懂什麼武藝，但卻深通黃老之術，所以隱隱能夠看出曹朋練的這拳法，似別有玄機。

只不過，一晃一年多，黃承彥卻已忘記了曹朋這個人。

見曹朋仍緊握著黃月英的手，黃承彥心裡面這個怒啊……

「阿醜，天不早了，我們還要趕路。」他現在連訪友的心情都沒了，甚至理都不理曹朋，對著黃月英沉聲道。說罷，轉身就要上車。在他想來，黃月英一定會很聽話的隨他走。

可他卻沒想到，黃月英卻站在了曹朋身邊，一動不動。

「爹爹，我和阿福許久未見，想和他說說話。」

阿福……聽這個名字，就知道這小子不是個什麼好東西。黃承彥大怒，呼的轉過身。

哪知道曹朋這時候卻朝他搭手一揖到地，「老伯，多時不見，別來無恙？」

黃承彥愣了一下，「你……是哪個？」

「老伯不記得當年，棘水河畔，隔水練拳的童子？」

「啊，你是……」腦海中，依稀浮現出一個模糊的、弱小的身影。曹朋若不說，黃承彥還真想不起來，此刻一提起，倒是令他多多少少有了一些印象，可臉色卻隨之更加陰沉。

他當然知道曹朋的出身和來歷，所以當黃射向他解釋之後，黃承彥雖說不太贊成黃射的手段，但也沒有太多的責備。想想也是，萬一這小子和自己女兒……那豈不是丟盡了黃家的臉面？如今看來，黃射當初的擔心也不是沒有道理。

黃承彥不禁暗自責備黃射，當初既然要下手，為什麼不再狠辣一點？斬草除根，徹底絕了黃月英的念想，也就不會有今天的尷尬。

黃承彥目光向黃月英掃去，黃月英抬起頭，緊緊握住了曹朋的手，無所畏懼的迎著黃承彥的目光。

一張老臉，強擠出一抹笑容，但也僅止於此……

豎子，不成大事！

黃承彥心中暗自咒罵。

不過，他不是罵曹朋，而是罵黃射。如今曹朋和黃月英再次見面，只怕再想要阻攔就……

黃承彥不想在長街上落了臉面，轉身對馬車旁的錦衣青年道：「甘寧，你跟著月英，不要太晚。」

錦衣青年連忙插手行禮，不過他這一舉手，便有一聲清脆的鈴鐺聲響。

「爹爹，我知道你落腳之處，不用甘大哥相隨。」

「那妳就跟我走。」

「呃……好吧。」

黃月英本不想讓人跟著，那樣一來，會感覺很彆扭。只是看黃承彥的態度很堅決，黃月英知道，如果不讓甘寧跟著，那老爹很可能會當場發飆。

她看得出，黃承彥對曹朋並不是很有好感，甚至有一點點的厭惡之意，藏於言表之中。黃月英很聰明，對黃承彥的想法，她一清二楚。老爹看不起曹朋，如果不是在這大庭廣眾之下，說不得他已發雷霆之怒，趕走了曹朋。

想到這裡，黃月英反而抓緊了曹朋的手，那意思是告訴曹朋，不要說話……

曹朋呢，也不傻，從黃承彥那冷漠的言語之中，他也看出了端倪。這老頭，似乎對自己並不滿意……

不曉得他對諸葛亮會是什麼樣的態度呢？諸葛亮，不就是出身好一些，是什麼琅琊大族嗎？

來到這時代之後，曹朋發現了很多與他前世所知不同的地方。

《出師表》中諸葛亮說他『臣本布衣，躬耕南陽』，於是在後世造成了很多種誤解，以為諸葛亮是個農夫，家境並不是太好。可實際上呢？諸葛亮是正經的世家子弟，琅琊諸葛氏的歷史也足夠久遠。別的不說，就拿諸葛亮的叔叔諸葛玄來說，早先也曾貴為一方太守……

這樣一個家庭，怎可能算得上貧困？

躬耕，是這個時代，隱士名流的風尚。

君不見龐德公還要打理鹿門山那幾畝田地？估計劉備在許都種菜，也有附庸風雅的嫌疑……

諸葛亮的姐姐，嫁給了龐季的兒子。

龐季，那是荊襄極有名望的名士，大名鼎鼎的鹿門山二龐，大龐尚書，也是龐德公的兄長。同時，龐家和荊襄另一大世族蔡氏，也有姻親關係。

這兩家都是荊襄望族，如果諸葛亮出身貧賤，他姐姐又豈能嫁給龐季之子？要知道，這是嫁，而非龐家『納』。嫁，是一個平等的關係，屬於門當戶對，身分自然不一樣；而『納』……一般來說，指的都是妾或婢女的身分。這二者區別很大，也足以說明諸葛出身不俗。

曹朋心裡不由得有一些失落……該如何，才能讓黃承彥承認自己呢？

黃承彥見黃月英的態度很堅決，也知道想要強行把黃月英帶走，不太可能。那雙慈善的眼眸閃過一抹戾色，他惡狠狠瞪了曹朋一眼，輕聲道：「阿醜，早些回來，莫讓我擔心。」

女兒是個什麼性情，黃承彥再清楚不過。如果真的惱了黃月英的話，她可是什麼事情都敢去做。可千萬別鬧出一個司馬相如和卓文君的故事，過幾年再抱著孩子回家，那才是真的丟煞臉面。

呸！司馬相如是什麼人物？

若是把月英比作卓文君，黃承彥當然不會反對。可如果讓黃承彥把曹朋比作司馬相如，那是萬萬不太可能……

想到這裡，黃承彥心中更加惱怒，偏偏還發作不得，只好柔聲與月英叮囑幾句，轉身上了馬車。從頭到尾，他根本就沒有和曹朋說一句話。

這也讓曹朋的心裡更感到憋屈。

「阿福，我們去哪兒？」

待黃承彥上了馬車，車隊離去之後，黃月英頓時像變了個人似的，看上去很開心。她容光煥發的模樣，更平添了幾分俏麗。曹朋不由得看得痴了，卻讓黃月英雙頰羞紅，偷偷踩了曹朋一腳。

「哦，我剛才還聽闞大哥說，震澤雨色，乃本地一景，不過我還沒有機會領略……今天正好下著雨，我們去震澤湖畔，看一看震澤雨霧，如何？」

黃月英聽聞，頓時叫好。

「咦，我竹簦呢？」曹朋突然意識到，自己和黃月英還站在雨中，想要再去找那支竹簦，也不知被什麼人偷偷撿走了。

「阿福，拿我的用吧……別讓姑娘家淋壞了身子。」闞澤上前，把自己的竹簦遞給了曹朋。

曹朋也不客氣，連忙接過來，拉著黃月英往城外走。

錦衣青年忙快走幾步，想要跟上去。其實，他也挺羨慕曹朋和黃月英，只是心裡面又有些憋屈。想他一身本領，如今卻落得一個隨從的身分？

撓撓頭，他正準備跟上去，不想闞澤上前，一把拉住了他。

「你幹什麼？」錦衣青年勃然大怒。如果不是剛才闞澤讓傘，說不定他早就飽以老拳。

闞澤微微一笑，剛要開口解釋，曹朋卻突然間停下了腳步，驀地轉過身，朝那青年看去。

「你，叫甘寧？」

一襲青衫，一抹鵝黃。曹朋和黃月英漫步於鄧尉山，遠眺震澤濛濛雨霧。兩人手牽著手，似乎又回到了當初在棘水河畔，耳鬢廝磨的親密。彼此輕聲訴說著分別之後的種種，不由得生出了無限感慨……

「德公聽說之後，非常惱怒，還專門到江夏質問叔父。但你也知道，叔父那個人的脾性很剛，以至於兩人還爭吵起來，甚至至今也沒有什麼往來。」黃月英輕聲解釋，「堂兄那個人，其實也算不得太壞，只是有時候……」

曹朋道：「我知道！」

「說起來，你怎麼會在江東？」

「這個……呵呵，一言難盡。」曹朋看左右無人，突然壓低聲音道：「妳爹來這邊，要拜訪何人？」

「嗯，就是句容葛尚書。」

「葛尚書？」曹朋一怔，有些茫然。江東，也有尚書？

「句容葛德儒，你聽說過嗎？」

「沒有。」

「嘻嘻，就是他。句容葛氏，和我家為世交。葛德儒之父，便是熹平年間的黃門侍郎葛矩。家叔祖瓊，時任太尉，所以兩家一直都有往來。葛世父曾為大鴻臚，後登尚書，光和年間致仕，便一直隱居在吳縣。父親和葛世父的關係很好，正逢家裡出事，所以就前來散心。」

大鴻臚，九卿之一。

果然是什麼樣的人，交什麼樣的朋友。

不過曹朋還真沒聽說過葛德儒這個名字，甚至連葛矩都不知道。他倒是知道黃瓊，也只是因為當初得了一支黃瓊監造的龍雀大刀而已。算起來，重生一年半，對於這時代的很多人物，他並不是特別瞭解。而且在他的印象裡，三國時期好像沒有什麼葛姓的名人，於是也就沒有留意。

「葛世父祖師尊奉道法，而父親又迷戀黃老，所以才有交集。否則的話，很多人都不知道葛世父就住在吳縣。他不喜熱鬧，好清靜，也沒有什麼交集。」

「其實，我這次來，化名荀朋。」

「荀朋？」

「是啊，我是隨潁川荀休若前來吳縣，負責保護休若先生的安全。」

「哦……」

曹朋也沒有說得太清楚，不過他道出荀衍之名，倒是令黃月英頗為驚奇。

江夏黃氏雖然是荊襄大族，可比起穎川荀氏還是有所不如。也難怪，自荀淑以來，穎川荀氏可謂人才輩出。荀淑之下有八龍，八龍之後有三若，而三若之後，還有荀攸荀公達名揚於世，四世皆有賢良。和穎川荀氏比起來，江夏黃氏自黃瓊之後，似乎便再也沒有什麼能拿得出手的人。

黃承彥好黃老，修的是清靜無為。黃祖雖然是江夏太守，但也僅止於此，如今他又殺了禰衡，恐怕這名聲就變得更加不堪……所以，江夏黃氏雖然盤踞江夏，但聲勢卻無法和荀氏相比。

黃月英不由得笑了，「阿福，看來你現在不錯啊！否則也不會讓你保護休若先生的安全。」

「哪裡有不錯，不過是沾光而已。父親到了許都之後，因造刀得法，而出任少府諸治監監令；我姐夫也不過是海西縣縣令。此次能隨休若先生，全憑了姐夫之推薦，否則的話……蒙荀先生看得起，來江東增長眼界而已。」

曹朋言說得輕描淡寫，但黃月英還是很高興。

「對了，甘寧怎會成了世父之隨行？」

「你是說甘大哥？」

兩人停下腳步，向身後看去，卻見闞澤和甘寧落後五十餘步，正沿著山路慢行。

曹朋突然想起，《三國演義》裡闞澤和甘寧的關係好像不錯。按照歷史，甘寧現在應該是在江上做賊吧，不然那錦帆賊之名又從何而來？不過看得出，他在荊州的地位並不算太高，否則也不會被派來當一個隨行扈從。

「你可別小看了甘大哥，他也算得上出身豪族。」黃月英似乎害怕曹朋小覷了甘寧，連忙提醒道：「而且甘大哥的身手很好，你可別得罪他。」

「豪族？」

「是啊！」見曹朋露出疑惑之色，黃月英還以為曹朋不相信，連忙解釋道：「甘大哥祖世原本南陽，嘻嘻，說起來和你還是同鄉，祖籍舞陰。不過其先祖後來客居巴郡，所以說話難免有巴郡口音。他生於巴郡臨江，甘氏在臨江縣，與嚴、文、楊、杜合稱臨江五姓。臨江縣人口約五千餘戶，其中有一半人，都是出自這五個姓氏。」

曹朋聽聞，不由得大驚。

五千戶，差不多是三萬人。一半人口，那就是一萬五千人，分攤五姓頭上，那一戶就是三千人。按照這麼計算的話，那甘氏還真是當地大族，而且屬於那種非常龐大的豪族……

「甘大哥做過計掾，還被補為蜀郡郡丞。只是他輕財敬士，後來得罪了人，便棄官不做，還聚合一夥少年，成群結隊，遊來蕩去。他在巴郡，名聲很大，聽他說，當年他步行有車騎陳列，水行有輕舟連接，走到哪裡，哪裡就光彩斐然。而且他家中富庶，停留時便用錦繡維繫舟船，離開時割斷，棄之不用……」

聽得出，黃月英對甘寧極為欽佩。

曹朋不免吃味，嘀咕道：「可我聽說，人喚他錦帆賊。」

黃月英嘻嘻笑道：「阿福，你也聽說過他的諢號？那是因為他性子狂傲，所在城邑的官員或者與他交往的人，如果待他有禮，他就會傾心相交；如果無禮，他就縱部曲劫掠對方，甚至還會殺害官長吏員。因他好插鳥羽，身配鈴鐺，所以在巴郡，人們才會稱呼他錦帆賊。」

我操他個羅大糊弄！險些又讓我丟了一次臉……

曹朋一直以為甘寧是水賊出身，沒想到『錦帆賊』這稱呼，居然是這麼一個來歷。不過，他心裡面更不是味道，醋味更濃，「再厲害，如今不也是扈從？」

黃月英這一次，聽出了曹朋話語中的酸味。她雙頰透紅，若秋波般的眸光，瞄了曹朋一眼，「阿福，你不高興了？」

「沒有，我哪有不高興。」

「可我明明覺得，你確實不高興了。」

曹朋連連搖頭，「妳肯定是感覺錯了，如今咱們能在吳縣重逢，我怎麼可能會不高興呢？」

「因為，我剛才一直在誇獎甘大哥。」

黃月英偷偷笑了，而後正色道：「你可別誤會，甘大哥待我如親妹，平時很照顧我。他之所以會落到今日這般田地，實在是因為……唉，興平元年，益州刺史劉焉病故，朝廷派了扈瑁來接替益州刺史之職。當時甘大哥是支持朝廷的，所以就得罪了益州牧劉璋，被逼無奈，最後只得棄家逃離臨江縣，帶著八百僮客返回荊州。之前，他一直在荊州，屯駐新野。」

「可是劉荊州不喜軍事，故而一直不肯重用他。去歲曹公征伐湖陽，甘大哥立了功，劉荊州就把讓他到江夏，可惜我叔父對他並不喜歡。這次父親出來散心，叔父就讓甘大哥一路隨行護衛。他人挺好的，只是有時候有些狂傲，讓人覺得不太好相處。不過時間久了，你就會知道他是個好人，做事也非常認真。」

從黃月英這一番話中，曹朋聽到了許多內容。

再次扭頭，看了一眼正和闞澤相談甚歡的甘寧，曹朋心裡頓生拉攏之意。

錦上添花容易，雪中送炭卻難。甘寧如今正處於人生的低谷階段，而且這個低谷，還會持續一段時間，一直到他反出江夏，投奔東吳。

歷史上，甘寧是在什麼時候投奔東吳？曹朋已經記不太清楚具體的時間。

印象裡，應該是在赤壁之戰前。

而現在呢？官渡之戰都還沒有發生……

鄧尉山，位於吳縣西南，是一座斜插入震澤的山，也就是太湖的一個半島。

相傳，東漢光武帝時，鄧禹的祖先，雲臺二十八將之一，司徒鄧禹就隱居在這裡。鄧禹官至太尉，故而名為鄧尉山。這山上梅花似海，這裡的居民也大都是以栽種梅花為生。待梅花盛開時，鄧尉山白皚皚，被花海所覆蓋，遠遠看去，就好像一片白色的海洋，故而後世又有人稱之為『香雪海』。

「阿福，前面那座寺觀，便是司徒廟。」身為地頭蛇的闞澤，在身後向曹朋招呼。「聽人說，司徒廟很靈驗的，可以求取功名，求取姻緣……呵呵，你要不要進去看一看呢？」

黃月英的臉，騰地一下紅了。不過看她的樣子，好像是有些心動。

「要不，我們進去看看？」曹朋牽著黃月英的小手，輕聲問道。

黃月英點點頭，隨著曹朋邁步，一同朝司徒廟方向走去。

看著他二人的背影，闞澤輕聲道：「興霸，我覺得阿福和黃小姐其實挺般配，你說是嗎？」

甘寧眼睛瞇成一條縫，半晌後回答道：「月英小姐聰慧過人，才華出眾，在江夏頗有名氣。那阿福又有何德能配得上月英小姐？再者說了，即便是月英小姐願意，黃先生未必首肯。」

闞澤呵呵一笑，「興霸，有時候這眼睛看到的，未必一定就真。」

第十四章 燈火闌珊處

「哦？」

「阿福之前程，恐非你我所能估測。」

「是嗎？」甘寧疑惑的朝著曹朋的背影看去，露出了深思之色。

從司徒廟出來之後，天色已晚。

曹朋等人踏上了歸程，一路上黃月英顯得很高興，臉上的笑容更沒有消失過。她和曹朋牽著手，沿震澤湖畔漫步。此時雨已經停了，晚霞照映天邊，把湖面映得火紅，景色極為絢爛。

「咦？」闞澤突然停下了腳步，朝著湖岸的碼頭看去。

「闞大哥，怎麼不走了？」曹朋疑惑的回過身，向闞澤問道。

「你們看……」闞澤手指碼頭方向。

順著闞澤手指的方向看去，只見一艘小船停泊在碼頭上，幾個男子從小舟上走出，簇擁一名少年，匆匆朝著一輛馬車行去。那少年的個頭不算太高，相貌很周正，步履間頗有官氣。

「怎麼了？」曹朋沒有看出什麼問題，忍不住問道。

闞澤說：「那是奉義校尉。」

「奉義校尉？」曹朋一怔，「又是什麼人？很了不得嗎？」

闞澤沒好氣的看了曹朋一眼，「奉義校尉是吳侯的兄弟，你說了得不了得？」

「你是說？」曹朋心裡面一咯登，但是卻沒有再追問下去。

和黃月英在湖邊欣賞了落日之後，四人便踏上了返程的道路。回到吳縣，天已經完全黑了，曹朋一直把黃月英送到了葛德儒的住所，才發現這葛府其實距離驛站並不算是特別遠。

「阿福，你明天得閒嗎？」

曹朋笑道：「應該沒什麼事。」

「那我們明天泛舟，好不好？」

「當然好！」曹朋笑著點頭，「那我明天在碼頭等妳。」

黃月英開心的答應，又和曹朋說好了時間，這才往葛府大門走去。走到大門口的時候，她又停下來，朝著曹朋擺了擺手。曹朋微笑著站在小巷的拐角處，和黃月英揮手告別，目送她的身形沒入葛府大門。而後，他和闞澤沿著濕漉漉的小巷，往驛站方向行去……

「闞大哥，奉義校尉回來，你似乎很奇怪？」

奉義校尉，就是孫權。

只是曹朋想不明白，闞澤為何會如此鄭重其事。

闞澤低聲道：「你既知奉義校尉身分，想必也應該知道，奉義校尉如今還擔當陽羨長吧。」

曹朋點頭，「這個我自然知道。」

「那你知道，吳侯為何要奉義校尉出任陽羨長？」

「這個……難道另有別情？」

闞澤說：「陽羨，囤積大批輜重。吳侯早有橫掃丹陽之意，所以從去年便開始做準備，在陽羨囤積糧草。如今，吳侯駐紮溧陽，陽羨負責供應整個丹陽戰事的輜重糧草，責任重大。奉義校尉這個時候突然秘密返回吳縣，究竟是什麼原因？我剛才奇怪，就是因為這件事情。」

「呃……」曹朋陷入了沉默。

從剛才孫權上岸的架式來看，的確是秘密返回。難道說，吳縣發生了什麼重要的事情？竟然能迫得孫權放棄了丹陽戰事，從陽羨匆匆返回？

闞澤的疑惑，並非沒有道理。可是這其中的機巧，卻不是曹朋一時間就能想個明白！

章十五 慘案

葛德儒已經五十多歲了，但是看上去卻很年輕。

黃承彥的年紀比葛德儒小那麼一點，也接近五旬。不過黃承彥兩鬢已成斑白，而葛德儒卻是一頭黑髮，似乎比黃承彥小許多。兩個人坐在客廳裡，正在閒聊。同時在下首處，還有一個青年相陪。青年看上去二十多歲，皮膚細嫩而白皙，相貌也很俊朗，一襲月白色禪衣更襯托出他卓爾不群的身姿。往那裡一坐，有一種出塵脫俗之氣，讓人覺得有些朦朧。

黃月英回來的時候，黃承彥的臉色很不好看。「阿醜，怎麼現在才回來？」

怯生生看了黃承彥一眼，黃月英低垂螓首，輕聲道：「爹，我和阿福去鄧尉山看日落，所以回來的晚了些。」

「妳……」

不等黃承彥發作，黃月英搶先開口道：「爹，我累了，先去歇息。」

「月英，見到伯伯，怎麼不理呢？」葛德儒笑呵呵開口，聲音清雅而洪亮。

黃月英連忙行禮，「姪女見過伯父……咦，孝先哥哥什麼時候回來的？我聽說，你之前不是在天臺赤城山中修行嗎？」

「阿醜，不得無禮。」黃承彥連忙喊喝。

青年笑道：「月英出落的越發動人了……我之前是在赤城山中修行，不過得仙師傳授《白虎七變》和《三元真一妙經》，準備入世遊歷。我這次回來，是探望一下父親，隨後便準備前往羅浮諸山，拜訪仙家道友。月英，聽說妳剛才在街上遇到熟人，震澤的風光可好啊？」

黃月英臉一紅，輕聲道：「頗動人。」

葛德儒笑道：「好了，孝先，月英也累了，讓她先去歇息吧。月英啊，我給妳準備了妳最喜歡的蓮子羹，一會兒讓人熱一熱，送到妳房間。既然到了吳郡，就好好的玩耍，莫掛念太多。」

「多謝伯父。」黃月英偷偷看了黃承彥一眼，答應一聲，轉身隨著婢女離開了客廳。

「你看看、你看看……兄長，你說我怎能不擔心？這孩子出來一趟，就完全不懂禮數了。」

「賢弟，你這就不對了。男歡女愛，古之常情。你能攔得住月英的人，能圈得了她的心嗎？心已經在外了，你強收回來也沒有用。就好像這張長案，你想把它翻倒，可是硬按下去的話，恐怕沒有效果。」說著話，葛德儒用力按了按書案。

書案紋絲不動……旋即，葛德儒猛然把書案掀翻在地，蓬的一聲響，卻令黃承彥心中一動。

「月英年紀也有二九，是時候找個人家。我不知道你說的那小子有什麼好，但既然能讓月英心動，那必定是有其不俗之處。給月英找個更好的人家，等回了荊州之後，多走動，多接觸，月英這心思慢慢也就淡了。到時候你又何須再去費心呢？賢弟，你平日裡挺睿智，為何一碰到這兒女之事，便亂了方寸呢？」

黃承彥的眼睛一亮，輕輕點頭。

「對了，孝先你這次回來，還有什麼事嗎？」

「倒也沒什麼大事。不過仙師早年間曾在中陽山教授過一個弟子，一直很牽掛。這次我下山回來，仙師曾囑咐我，若是有可能，讓我去中陽山找一找。他那學生的身子骨不太好，為此仙師從《白虎七變經》中領悟了一套白虎七變強身之術，如果找得到人的話，就傳給他。」

「中陽山？」黃承彥眉頭一蹙。

青年點點頭，「不過仙師早年曾算定，那弟子十三歲會有一場劫難，也不知道能否平安度過。說不定現在……我到時候過去看一看，如果他不在了，我還要回轉山中，回稟仙師才行。」

「受人所託，忠人之事，那你還是早些起程吧。」

「是！」青年答應一聲，便起身離去。

黃承彥突然問道：「孝先所說的仙師，又是哪一位？」

「哦，便是那盧江左元放。」

「原來是他……」黃承彥恍然大悟，露出羨慕之色，「久聞左仙翁道法高深，有神仙術，可惜卻未曾一見。孝先能得左仙翁真傳，的確是一樁幸事。依我看，將來葛家必然能成就仙家大道，可喜可賀。」

葛德儒一笑，並沒有言語。

那青年名叫葛玄，是葛德儒之子。自幼好學，博讀五經，十五、六歲時便名震江東，只因好神仙術，所以成婚後不久，便往天臺赤城山中修道。後得左慈左元放之真傳，成為道家祖師。後世人尊稱其『沖應孚佑真君』。

黃承彥也因為曹朋出自中陽山的關係，所以對中陽山人頗有些牴觸。以至於他沒有再追問一句，否則必然會知曉，左慈讓葛玄找的那人就叫做曹朋。

之後的十數日裡，江東波瀾不驚。孫權悄悄的來，卻沒有引發任何動靜，甚至很多人都不知道孫權已經回到吳縣，更不清楚他是否已經離開。

十餘日來，曹朋很快樂，或是和黃月英泛舟震澤，或是一起穿行於吳縣大街小巷。

黃承彥倒是沒有限制黃月英和曹朋的來往，不過也沒有和曹朋照過面，大多數時候，他和葛德儒在家中鑽研黃老之術。

唯一遺憾的便是，每次黃月英出現，甘寧都會隨行保護。二人世界中，一下子多出來一個大燈泡。雖然那個『燈泡』已經盡力的不去打攪曹朋和黃月英，可他跟在後面，總是讓曹朋感覺有些彆扭，以至於每次都不得盡興。

好在，這是甘寧。若換一個人的話，曹朋可能已經翻臉了。

這一天，他和黃月英自城外回來後，便走進一家酒肆中歇息。

「甘大哥，一起坐吧。」

曹朋擺手招呼甘寧，讓甘寧頗有些疑惑。

「是啊，甘大哥你也忙了這許多時日，一直跟著我們，月英心裡也頗有些過不去。不如坐下來一起食飯……嘻嘻，阿福很喜歡聽你當年的英雄事。你和他說說，讓他也增長一下見識。」

甘寧笑了，當下也不客氣，上前坐在旁邊。曹朋的酒量不錯，甘寧更是海量，在加上這段時間的接觸，兩人也都熟悉了，所以很快便推杯換盞，在酒肆中痛飲起來。

黃月英坐在曹朋的身旁，不時給曹朋添酒，那臉上始終帶著笑容。曹朋每喝一杯，她臉上的幸福感就會增加一分，就好像一個賢惠的妻子，看著丈夫喝下自己斟滿的酒水，就很開心。

「嘖嘖嘖，實在是太慘了！」

酒興正酣時，曹朋突然聽到旁邊的酒客低聲交談。

「李孝廉這好端端，怎麼就死了呢？」

「是啊，昨天我還看到他在具區澤上與人泛舟來著。這一晚上的工夫，就死了……留下孤兒寡母的，著實可憐。」

「聽說，李孝廉生前存了不少典籍。剛才我路過李家的時候，還聽李府的人說，準備把那些典籍都變賣掉。看那樣子，他們好像不準備繼續留在吳縣了。」

「李逸風雖說是孝廉，可他家裡那些書，又能變賣幾何？」

「聽說李孝廉死前還欠了不少債。夫人也有骨氣，不願落人口實，能賣多少是多少……不過我估計也當真值不得太多。李逸風的那些書，也算不得珍品。」

曹朋心裡一動：闞澤好書，可荀衍的那些書，又不可能給他。如今這什麼李孝廉死了，家中變賣書籍，不如買來一些送給闞澤，說不定他就能表明態度？

闞澤的態度，一直很含糊。

此前曹朋已流露出了他的心意，希望闞澤和他一起離開江東。

雖然曹朋並沒有說出他是什麼身分、什麼地位，但聰明如闞澤肯定能推斷出，曹朋家裡的情況應該不會太差。他不是荀家的人，卻冒用荀家的名義……可不是什麼人都可以做荀衍的書僮。至少在某一方面，也說明了荀衍對曹朋的認可。只這一點而言，已經相當不錯……

如果闞澤忠於孫吳，那麼曹朋現在很可能已經成了階下囚。

如果闞澤不忠於孫吳，面對曹朋的拉攏，他至少應該有一個反應——同意，或者不同意！

可是曹朋去看不出闞澤的心意。

「阿福，我記得德潤好書。不如我們去看看，幫他買幾卷？說不定那傢伙會非常高興。」不等曹朋開口，甘寧搶先道。

曹朋一怔，旋即笑道：「我也正有此意，不想被甘大哥搶了先。」

而後，他和黃月英商量了一下，黃月英自然沒有意見。三人吃罷了午飯，便找人詢問一下那李孝廉的住所。沿著一條小巷，拐了幾個彎兒，很快便來到了那些酒客所說的『李府』。

其實，這李府就是一個小宅院。面積不大，甚至還比不上當初曹朋一家在棘陽桃林的住所。一座門廳，兩邊各有兩間廂房，後面還有一個小院，加起來一共也就是七間房舍。整個李府算起來，也就是七、八百平方米的面積。從外面看去，似乎很簡陋，但又有一種淡雅之風。

李孝廉名叫李景，字逸風，年二十六，家中有一妻子，但並非吳縣本地人。李逸風據說是富春人，後來遷居吳縣，所以在吳縣也沒有什麼親戚。李夫人的年紀也不是很大，二十出頭的模樣，長得也頗有幾分動人姿色，一身孝裝，看上去很文靜。

在門廳接待了曹朋等人，待問明來意之後，李夫人便帶著曹朋等人走進了後院……

「夫人，李孝廉可是身體有恙？」

李夫人一怔，搖了搖頭，「亡夫身子一直很好，昨日出去前，氣色很好，還挺高興。可回來後，他就覺得有點不舒服。當時還以為他是喝了酒，身體不適，所以便早早歇息，但沒想到……」夫人言語悲戚，說著說著，眼淚就流了下來。

「官府可來查驗過？」

「已經查驗過了，說是心疾發作，以至於暴卒。」

「請夫人節哀。」曹朋倒是沒有想太多，於是便沒繼續追問。

來到書房門口，李夫人打開了房門，輕聲道：「亡夫生前所藏書冊，都在這裡。公子若是看上什麼，只管取出便是。也都是不值錢的書，若非準備返回老家，缺少錢帛，也不會做此有辱斯文之事。」

黃月英輕聲安慰，曹朋和甘寧已邁步，走進了書房。

書房裡有兩個書架，和一張書案。書架上擺放著一卷卷竹簡，曹朋走過去，從書架上拿起一卷書籍，打開來掃了一眼，便又放回了原處。都是些詩論典籍，也沒什麼值得挑選。闞澤手裡也沒什麼藏書，估計這些書卷他都會喜歡。

曹朋盤算了一下，這書房裡大約有百十卷書籍。他正要出去詢問李夫人，這些書若全部變賣需要幾多錢帛，眼角的餘光卻突然間掃過了書案，腳步驀地一下子停下來，改走到書案旁邊。

「怎麼？」甘寧疑惑的問道。

曹朋笑了笑，「隨便看看。」

他從書案上拿起一疊白紙，居然是那種很名貴的左伯紙。紙張上有一層淡淡的染色，使得這種左伯紙看上去有些發綠。有幾張左伯紙上還寫著詩詞，曹朋的目光一凝，登時露出凝重之色。

「關關雎鳩，在河之洲……」

「這不是《詩經》嗎？」

「是啊，我只是奇怪，誰會用這種紙張書寫《詩經》？」

「這個……」甘寧笑道：「也許是人家有怪癖？反正這些有功名在身的人，大都會有些臭毛病，也算不得什麼。」

「是嗎？」曹朋突然笑道：「那當年甘大哥以錦緞繫舟船，算不算怪毛病？」

　　甘寧一怔，突然哈哈大笑：「賢弟，那些錦緞，並非我所有。」

　　想起黃月英說過的那些話，曹朋一下子明白了。那些繫舟船的錦緞，恐怕是甘寧縱人搶掠而來的財貨吧……

　　「夫人，這裡的書卷，我都要了。」曹朋走出書房，對李夫人說道。

　　李夫人一怔，頓時露出欣喜之色，連連點頭，「如此，就多謝公子慷慨。」

　　而後，她報了一個價錢，黃月英微微一蹙眉，剛想要講價，卻被曹朋輕輕拽了一下。扭頭看去，卻見曹朋一臉凝重之色，朝她搖了搖頭。黃月英心裡奇怪，可還是沒有再發表意見。

　　這百餘卷書冊要收整起來，也非一樁易事，好在李府還有兩個奴僕，立刻找來了箱子，把書卷放入其中。隨後，李夫人又讓人找來了一輛馬車，準備把那書箱抬到馬車上。

　　就在這時，曹朋卻出人意料的提出了一個意外的請求：「亡者為大……既然來了尊府，不知可否容在下祭拜孝廉公?」

【曹賊　卷捌　勁拚江東霸獅　完】

曹賊/ 庚新作. -- 初版. --新北市：
華文網，2011.09-
冊； 公分. --(狂狷文庫系列)
ISBN 978-986-271-260-3(第8冊：平裝). ----

857.7 100014664

三國風雲之

曹賊

卷之捌

勁拚江東霸獅

庚新 著

超合金叉雞飯 繪

狂狷文庫008

曹賊08-勁拚江東霸獅

出版者■典藏閣
作　者■庚新　繪　者■超合金叉雞飯
總編輯■歐綾纖

製作團隊■不思議工作室

郵撥帳號■50017206 采舍國際有限公司（郵撥購買，請另付一成郵資）
台灣出版中心■新北市中和區中山路2段366巷10號10樓
電　話■(02)2248-7896　傳　真■(02)2248-7758
物流中心■新北市中和區中山路2段366巷10號3樓
電　話■(02)8245-8786　傳　真■(02)8245-8718
ＩＳＢＮ■978-986-271-260-3
出版日期■2012年9月

全球華文國際市場總代理／采舍國際
地　址■新北市中和區中山路2段366巷10號3樓
電　話■(02)8245-8786　傳　真■(02)8245-8718

新絲路網路書店
地　址■新北市中和區中山路2段366巷10號10樓
網　址■www.silkbook.com
電　話■(02)8245-9896
傳　真■(02)8245-8819